ヘロー天気
HERO TENNKI

ワールド・カスタマイズ・クリエーターEX《エクストラ》

主な登場人物
Main Characters
ラーザッシア
W・C・C
元スパイながら悠介に助けられ、悠介の屋敷に迎えられた少女。
田神悠介《たがみゆうすけ》
W・C・C
『災厄の邪神』として異世界カルツィオに召喚された本編の主人公。ゲームのシステムが元となった能力『カスタマイズ・クリエート』を操る。
スン
W・C・C
悠介がカルツィオに来て最初に出会った少女。悠介の屋敷で生活を共にしている。
ヴォレット・ヴォイラス
W・C・C
少々過激な行動を取りがちなフォンクランク国の我侭《わがまま》姫。
悠介を支える仲間達
W・C・C
ソルザック
イフョカ
フョンケ
ヴォーマル
エイシャ
シャイード
レイフョルド

シンハ・トルイヤード
白族《はくぞく》が治めるガゼッタ国の王にして、屈強な戦士。
アユウカス・イクドゥト
白族の王族に仕える里巫女。過去の邪神の力で不老不死となっている。
アルシア
突如カルツィオの空に現れた異世界ポルヴァーティアの『勇者』。
都築朔耶《つづきさくや》
次元を超えて現れた『異界の魔術士』。驚異的な力を持つ。
コウ
ポルヴァーティアとも異なる世界の冒険者。他者への憑依能力と物を異次元に収容する能力を持つ。

World Customize Creator

World Map

カルツィオ

序章

互いに触れ合う事の無い、異なる世界。時間の流れや、生命の在《あ》り方を同じくしながらも、文明や細部を大きく違《たが》えた世界が無数に存在する。それらの隣り合った世界と世界の隙間には、次元の回廊《かいろう》とも言うべき狭間の世界が広がっている。

そして幾多《いくた》の平行する世界がそうであるように、狭間の世界にもまた文明と生命の営みが存在した。宇宙のような広大な空間、狭間の世界に浮かび漂う巨大な円盤状の大地では、国が建ち、繁栄し、衰退し、滅び滅ぼし、子が産み育てられ——連綿《れんめん》と続く人の営みによって、悠久の歴史が紡がれていた。

そんな狭間世界の始まりから存在し、大地と営みを見守り続ける『意思』がある。この世界の神々とも言えるその『意思』は、大地の営みの維持と循環を促す為、定期的に異なる世界から使者を喚《よ》んだ。異なる世界からの来訪者は、狭間世界の大地に様々な波紋を呼び起こし、停滞を打ち溶かして新しい流れを作り、その大地の文明の循環に貢献する。

狭間に浮かぶそうした大地の一つに、カルツィオと呼ばれる世界があった。このカルツィオを見守る『意思』によって喚ばれた、異なる世界からの来訪者――『災厄の邪神』田神悠介《たがみゆうすけ》。

彼の光臨と働きにより、当時カルツィオで栄えていた一つの文明は、大きな転機を迎えた。

炎神ヴォルナー、水神シャルナー、土神ザッルナー、風神フォルナーという四柱の神がこの大地を創造したとする四大神信仰。その教えを軸に、それぞれの神の技として特殊な能力を身に宿す『神技人《しんぎびと》』と呼ばれる人々が世界の中心となっていた社会は、邪神を取り巻く様々な出来事を経て変革し、新たな時代を迎えていた。

平穏を是《ぜ》としながらも、行く先々でトラブルに巻き込まれ続けた邪神・田神悠介。

二大国の紛争から始まり、神技を宿さない『無技人《むぎびと》』と呼ばれていた民族と、彼等の王族の血統を古来護り受け継いできた白族《はくぞく》達との邂逅《かいこう》。白族の台頭による大国の滅亡。地下組織の決起と討伐によって拡散し、世界に混乱をもたらした造られし魔獣。

破壊と創造による変革に包まれた世界は、やがて四大神の民《たみ》と白族という五つの民が共に手を取り合う共同社会を構築するに至った。この五族協和制の実現によって、カルツィオの長く停滞していた文明は、再び加速を始めていた。

第一章　光と影の大陸

太陽が大地の周りを回っているカルツィオでは、一年を通して日照時間の長さが大きく変化する。たとえば年末年始などは、太陽が大地の下側を横に回るので、しばらく夜が続いたりするのだ。

現在は最も昼の長い時期を少し過ぎた頃である。五族協和制の定着を確実なものにする為、各国の王達を集結させての、『英雄ユースケ』による大演説が行われた日から十数日。五族協和制の成功のもとに平和と発展を謳歌《おうか》するフォンクランク国首都サンクアディエットでは、ヴォレット姫の女王戴冠に向けて着々と準備が進められていた。

といっても、『炎壁《えんへき》の賢王』と謳《うた》われる現国王、エスヴォブス王が健在である内は、これまでとそう変わりなく、少しばかりヴォレット姫のお稽古《けいこ》事が増えた程度であった。

「姫様はどこへ行かれたのだ……」

朝から姿の見えないヴォレットを探して、宮殿上層階を歩き回っている赤髪の男性。ヴォレット姫の専属警護兼教育係を担う彼、クレイヴォルの呟きに、たまたま通り掛かった使用人が答える。

「ヴォレット様なら、闇神隊《あんしんたい》の皆様と宮殿の地下を探索すると言って出掛けられましたよ？」

それを聞いたクレイヴォルは、『なぜまた宮殿の地下などに』と零《こぼ》しつつ後を追う。彼はここ、ヴォルアンス宮殿に勤める衛士《えいし》でもある。『宮殿衛士隊』という宮殿勤めのエリート衛士の中でも、王族の警護を専門とする『炎神隊《えんしんたい》』の隊長であった。

そして『闇神隊』とは、邪神・田神悠介を隊長として編成された少数部隊。ヴォレット姫直属の宮殿衛士隊を指す。

悠介が衛士の証《あかし》を賜《たまわ》るべくエスヴォブス王に謁見した頃は、他の宮殿衛士や宮殿官僚達の間では『姫様のおもちゃ』などと揶揄《やゆ》されていた。だが、今や『闇神隊長ユースケ』の名は、カルツィオ中で英雄としての名声を確固たるものにしている。そんな闇神隊長が本物の邪神である事を知る者は、ほんの僅かな内輪の人間に留まる。クレイヴォルは、その僅かな人間の内の一人であった。

「地下の階層に下りるには旧通路の鍵を――いや、ユースケ殿が一緒ならそもそも――」

ぶつぶつと呟きながら去って行くクレイヴォル。この頃は以前のような近付き難《がた》い雰囲気も薄れてきた。そんな仕事熱心な炎神隊長殿を見送り、使用人も自分の仕事に戻るのだった。

街を拡張する度に上へ上へと増築が重ねられたヴォルアンス宮殿の地下部分は、時代ごとに内装様式も違っている。『時の支配者の趣味や当時の流行など、街の歴史的資料として非常に興味深い』とは、闇神隊の中でも一般民の立場に身を置く技術者系土技《どぎ》職人、ソルザックの言《げん》である。

彼は悠介がその邪神の力で作り出す様々な道具や機械を研究し、共に開発や発明品の製作を行う、技術的な面でのパートナーであった。彼の扱う生産系の神技は非常に精度が高く、鉱石の抽出や精製、鑑定など様々なシーンで悠介の道具造りの助けとなっていた。

「この辺りは急に雰囲気が変わっておるのう」

地下六階層付近の、水没していないエリアを探索する悠介達闇神隊を引き連れたヴォレットは、太陽苔《たいようごけ》という特殊な発光苔を光源に使う『リーンランプ』で足元を照らしながら呟く。

「特に戦乱の激しかった時代ですね。宮殿内でも度々衝突があったせいで、壁や床の彼方此方《あちこち》に修繕の跡《あと》が見られますよ」

ボロボロに解《ほつ》れて目の粗い網のようになった、元は立派な絨毯《じゅうたん》だったのであろう繊維をつま先でつついているヴォレットに、ソルザックがこの階層の年代について語った。

「そういや壁の装飾とか極端に少ないな」

二人と並び歩く悠介が、その説明に関心を示す。そんな彼等のすぐそばで、闇神隊のメンバーの中でも副隊長的な立場にあるヴォーマルが、自身の神技で作り出した明かりを頭上に翳《かざ》している。どこか崩れかけているような危険な箇所が無いか、付近の壁や天井を目視で確認しているのだ。

が、これは身に付いた危機管理に従った動作でしかない。

『ユースケ隊長』がこの場に居る時点で、その手の危険は存在しない事を、ヴォーマル達闇神隊のメンバーはよく分かっていた。

「ユースケ、この階に隠し部屋とかはないのか？」

「んー、ちょっと待ってくれ」

ヴォレットから期待の眼差《まなざ》しを浴びつつ、悠介はおもむろにカスタマイズメニューを開いて周辺の構造を調べ始める。

このメニュー画面は、基本的に悠介にしか視認出来ない。この世界に喚ばれた際に与えられた特別な能力にして、神技人達が使う魔法のような能力である『神技』の力の枠を遥かに超える邪神の力——あらゆる物質に干渉し、その存在を書き換えてしまう能力『カスタマイズ・クリエート』。

悠介をこの世界に喚んだ、この世界の神たる存在から、悠介が望んだ能力として与えられた力だ。もっとも、悠介は意図的にこの力を望んだ訳ではない。

たまたま喚ばれる直前まで遊んでいたゲームの事を思い浮かべた為に、そのゲームのシステムをベースにした能力が与えられた、というのが真相であった。

既に皆が見慣れた、空中に何かを描く悠介の動作と共に、判別不能な神技の波動が広がる。

神技人は、皆体内に神技を扱う為の器官のような部分を持っている。その部分で神技の力をコントロールしたり、互いの神技が放つ波動を感じ合う事が出来るのだ。それらは大別して炎技《えんぎ》、水技《すいぎ》、土技、風技《ふうぎ》の四つに分けられる。

強い力を持っていれば、それだけ神技の波動も強くなる。カルツィオでは基本的に一人一種類の神技を宿し、その属性は髪や瞳の色に表れる。炎技の民は赤、水技の民は青、土技の民は黄、風技の民は緑と、神技の波動と見た目の色によって見分けられた。

悠介のような黒髪を持つ人間は、本来カルツィオには存在しない。この判別不能な神技の波動も、今やそれ自体が闇神隊長《ユースケ》を示す波動であると、多くの人々に認知されていた。

カスタマイズ画面内にこの付近一帯の構造を表示して調べていた悠介は、通路の一部に不自然な空間を見つけた。

「お、近くにそれらしい部屋があるぞ」

「おおうっ、あるのか！」

「おおっ、ありましたか！」

わくわく顔で声を揃えるヴォレットとソルザック。ここへ来るまでの間、二つほど上の階でも隠し部屋や隠し通路を見つけた。

そこでは当時の甲冑らしき物の残骸や、現在のカルツィオで流通している貨幣の『晶貨《しょうか》』が作られる以前に使われていたと思《おぼ》しき古い貨幣などが見つかり、歴史的資料として確保している。

「入り口は——あー駄目だな、完全に塞《ふさ》いである」

「という事は、シアの出番じゃな」

ヴォレットがそう言って振り返ると、黄髪をサイドポニーに纏めた女性、ラーザッシアが、実験器具の入った鞄を掲げて軽快に応えた。

「はーい、任せて。イフョカちゃん、補佐よろしくね」

「は、はい、頑張ります」

活発そうな彼女の要請に、緑髪で小柄な、いかにも一般人っぽい雰囲気の外見の少女が胸元で両手を揃えながら答える。

アガリ症気味でよくどもってしまうイフョカは、伝達系風技の使い手だ。見た目は頼りないが、れっきとした闇神隊の一員で、悠介やヴォーマルと同じく、闇神隊の黒い隊服に身を包んでいる。

ちなみに闇神隊の隊員達は、他の宮殿衛士隊の隊員達のような身分の高い者達で構成される宮殿勤めの衛士ではなく、一般民から雇用される神民衛士隊の出身である。

闇神隊は元々、悠介隊長のみの一人部隊として新設された特殊な宮殿衛士隊だった。初任務の折、体裁を整える為にと適当に連れて行く部下を神民衛士の中から選んだのだが、その時にたまたま選ばれたメンバーが、今も正式なメンバーとして所属している。

「準備いいわよ」

試験管のような器具を手に、壁の前に立っていたラーザッシアが合図を送る。完全に塞がれた状態の隠し部屋には、有害な空気が充満している事もあるので、壁に小さな穴を開けて空気のサンプルを採取し、危険が無いか調べるのだ。

悠介がカスタマイズ能力で壁に小さな穴を開けると、イフョカが繊細な伝達系風技を使って部屋の天井付近と床付近、中央付近の空気を集める。それをラーザッシアの持ち込んだ鑑定用の器具の中に納めた。

その結果、器具の中に見える毒物鑑定液に色の変化は見られず、異常無しの判定が下された。

「うん、大丈夫みたい」

「そっか、じゃあ入り口作るぞー」

いつもの見慣れた光のエフェクトが発生し、壁に入り口が現れる。長い年月そこに留まり続けていたカビ臭い空気が流れ出し、通路の空気と交じり合って微かに風を巻き起こす。

部屋と廊下の繋ぎ目などから、ここは元々部屋ではなく廊下の一部であったらしい事をソルザックが突き止める。明かりで中を照らし出すと、ガランとした石造りの空間が広がっていた。

「な~んもないな」

「なんじゃ、からっぽか」

「いや、奥の壁に何か見えますよ？」

地下街の探索経験が豊富なソルザックが、さっそく何かを見つけて壁に駆け寄って行く。

『なんじゃなんじゃ』と後を追うヴォレットに、ノンビリ続く悠介達。壁には何か大きな、彫刻画らしきモノが広がっていた。

炎技の明かりで彫刻画を照らし出したヴォーマルが興味深そうに訊ねる。

「ほう、これは壁に彫り込んであるのか？」

「ちょっと待ってください――うーむ、石の質が違う……しかも随分と古い」

ソルザックの土技鑑定によれば、この彫刻画はここの壁石に彫り込まれたモノではなく、余所から持って来たかなり古い彫刻画を壁に埋め込んであるモノらしい。

「描かれているのは『天地創造』でしょうかね、二つの太陽に砕けた大地――いや、大地が形成されているところでしょうか」

空に浮かぶ島のような複数の大地、また神や精霊を象徴する人型の姿が、互いの手を取り混じり合っているような構図。ソルザックの解釈を聞いていた悠介がポツリと呟く。

「天地創造か……そういえばこのカルツィオって、どうやってできたんだろうな」

「ん？　そういえばユースケは前に言っておったな、この世界は『空飛ぶお皿』のような形をしておると」

「ああ、こっちに喚ばれる時にちらっと見た覚えがあってさ、最初に目覚めた祠《ほこら》の天井にも描かれてたし」

約三百年周期で変革をもたらす『邪神』が異世界から召喚されるというシステムが、何千年も続

くカルツィオの大地。四大神信仰発祥の地とされた古《いにしえ》の大国ノステンセスには、邪神に纏《まつ》わる情報が多く残されていた。

ノスセンテスの首都だったパトルティアノーストは、現在は白族の王が治める無技人の国ガゼッタの首都となっている。そこに立つ中枢塔には、過去に光臨した邪神の造りし遺産が幾つかあり、『神眼鏡《しんがんきょう》』という、衛星のようなモノを空に打ち上げて地上を監視出来る道具もあった。

このような高度な技術的発想を持った邪神も、過去幾度となく召喚されていたと考えるなら、カルツィオの全容を見渡せた邪神が居たとしても不思議ではない。

「ふーむ、この世界の歴史か。有史以前の世界の姿なぞ想像もつかんのう」

「この彫刻画が制作者の想像を元にした創作なのか、或いは当時の伝承などを参考にしたモノなのか、興味は尽きませんねぇ」

古代カルツィオの歴史を紐解く素晴らしい発見だと、ソルザックは称《たた》える。そこへ――

「やっと見つけましたよ姫様っ」

「げっ、クレイヴォル」

神技の波動を追ってここまで下りて来た専属警護兼教育係《クレイヴォル》が、いつもの決め台詞を放ってヴォレットを捕まえる。

「お稽古の時間です！」

「やじゃーーっ、まだまだコレからがいいところなのにー！」

「じゃあ今日はここまでだな、目印付けて上に戻るか」

地下探索が楽しくて仕方がないらしくゴネるヴォレットを余所に、手早く帰り支度を整えた悠介は床に丸を描いて『シフトムーブ』の態勢に入った。

指定した床の一部を別の場所の床と入れ替える事で、そこに乗っているモノ諸共一瞬で移動させるという、ある意味反則技とも言える移動法である。

「戻るぞー、みんな丸の中に入ってくれー」

「むぅ、仕方あるまい。探索の続きは明日じゃ」

しぶしぶ悠介の隣に立ったヴォレット。その傍らでは、ラーザッシアがイフョカを嗾《けしか》けようとしている。

「ほら、チャンスよイフョカちゃん。もっとユースケにくっついちゃえ」

「えっ、で、でも……じゃまになるかも……」

引っ込み思案で片思いなイフョカはあわあわするばかりだ。

そんな彼女達の後ろに続くヴォーマルとソルザックは、先ほどの彫刻画について意見を交わしていた。

「戻ったら一度古代史の文献を漁ってみなくては」

「古代史関連の文献なら、宮殿図書館に揃ってたな」

わいわいと皆で丸の中に収まり、地上階への帰還を待つ。

サンクアディエットの街とヴォルアンス宮殿の歴史を探るこんな活動も、将来フォンクランクの女王になる者として教養を磨くのに良い勉強材料となる、と言って小言を躱《かわ》そうとするヴォレットに、クレイヴォルは『では歴史の勉強科目を増やしましょう』とカウンターを放つ。

「ユースケ、クレイヴォルだけここに置いて行こう」

「無茶言うな、ヴォレット……戻るぞー、実行～」

足元から発生する光のエフェクトに包まれ、地下階の床と地上階の床が入れ替わる。宮殿上層階の一室に帰還した地下探索隊はこれにて解散、今日の活動は終了した。

「あ、皆さんお帰りなさい」

「お？　わざわざ待っててくれたのか」

帰還場所の部屋では、闇神隊の隊服を纏った青髪の女性が、飲み物などを用意して出迎えてくれた。

彼女は治癒系の水技を扱うエイシャ。曲者《くせもの》揃いな闇神隊の中にあっては良識人として定着している。

今回の探索では、暗いところが苦手なエイシャの代わりにラーザッシアが治癒担当として参加していたのだった。

エイシャが差し出したララの実ジュースを一気飲みして「ぶはー」とひと息吐いたヴォレットは、

クレイヴォルと部屋を出ながら悠介に告げる。

「さーて、わらわはこれから楽しい楽しい稽古事じゃ。ユースケよ、今度はスンも誘って最下層を目指すぞっ」

「ああ、弁当でも用意して行こうな」

若干、自棄《やけ》気味なヴォレットを苦笑まじりで見送った悠介は、これからラーザッシアを連れてスンの待つ『悠介邸《じたく》』へと帰宅する。

エイシャとイフョカは『お疲れ様でした』と、ペコリと頭を下げて神民衛士隊の控え室に下りて行き、ソルザックは宮殿図書館の利用許可申請を出しに別館の受付へ向かう。ヴォーマルもそれに付き合うようだ。

「さて、帰るとするか」

「うふふ、お疲れ様」

探索メンバー全員を見送り、漆黒のマントをぶわさっと翻し損ねて踏んづけそうになった悠介を労《ねぎら》うラーザッシア。

彼女は、その両手首に填《は》められた奴隷の証である黒い腕輪を隠そうともせず、ピトリと悠介の傍に立つと、おもむろに腕を絡める。

「やめいっ、あらぬ噂が立ってしまう」

「いまさらでしょ〜」

悠介をはじめ他の闇神隊員やヴォレット姫など、闇神隊の関係者は、皆ラーザッシアとも同輩のように親しく振舞っているが、本来彼女は悠介の奴隷という立場にある。

ラーザッシアはかつて、滅亡したノスセンテスの特殊部隊に所属する篭絡《ろうらく》工作員だった。邪神をノスセンテスに亡命させる工作を担っていたが、陰謀渦巻く混乱の中、色々あって今は悠介の庇護《ひご》の下、平穏な暮らしをしている。

幼少の頃から、国家の巨大な囲いの中で工作員として飼われて来た彼女にとって、悠介の下での暮らしは自由と楽しみに満ちた日々であった。そんな訳で、ラーザッシアは悠介に対する好意を誰憚《はばか》る事無く表現する。

傍から見るといちゃついているようにしか見えない二人が上層階の廊下を歩いていると、前方から宮殿官僚の一団が現れた。

宮殿内で最大の派閥であるイヴォール派、その中心的な人物であるヴォルダート侯爵と、彼の側近的な立場の貴族達だ。宮殿内では公然の秘密となっているが、少し以前までイヴォール派は反闇神隊活動に暗躍していた。

現在は悠介の動力車事業に出資するなど、闇神隊との蜜月を装う事で、それまでの活動や工作で生じた様々な悪評というツケの払拭に腐心している。

互いに控えめな会釈を交わし、静かにすれ違う悠介とイヴォール派。ヴォルダート侯爵は堂々と振舞っているが、彼の取り巻きは闇神隊長《ユースケ》と目を合わせられない。特に言葉を掛け合うでもなく、両者はそのまま通り過ぎた。

妙な緊張感が漂うなぁと思っていた悠介が、ふと廊下の先に視線を向けると、角のところにシャイードの姿を見つけた。

長い青髪を黒い隊服に流した攻撃系水技の使い手。彼も闇神隊の一員である。

「よっ、何してんだこんなところで」

「お疲れ様です、隊長。イヴォール派の集団を見かけましたので、少し注視していました」

そう答える彼は、闇神隊の中でも冷静沈着な参謀役で、ヴォーマルに次ぐベテラン衛士だ。悠介に対する忠誠心が非常に高く、信頼を置けるのは確かだが、主が暴走してもどこまでも着いて行きそうな、少々危なっかしいタイプである。

「そういうのはレイフォルドの仕事だろ？」

悠介は、『森の民』を自称する優秀な密偵が味方に居るんだからさと、苦笑気味に自重を促す。

しかし、その『優秀な密偵』の事を完全には信用していないシャイードは、『念の為ですから』と、彼等に対する警戒を緩めるつもりは無いようだ。

「ま、ほどほどになー」

「ええ、隊長の迷惑にはなりませんよ」

そんなシャイードと別れ、悠介達はその場を後にする。闇神隊長《ユースケ》の活躍と台頭を危険視していた反闇神隊派の暗躍など、今ではすっかり過去の出来事である。フォンクランク国内で悠介の命を狙う者など居なくなった。

彼等とは別の理由で悠介の活躍に警戒を募らせていた、ヴォレットの婚約者候補組も、特別な宮殿機関組織として公共事業に携われるようになって、手柄を立てる機会を得ると、態度を軟化させ始めた。

ガゼッタに滅ぼされた旧ノスセンテスから亡命してきた住人達も、発展を続けるサンクアディエットで生活基盤を得て、将来の不安が拭われ、気持ちに余裕が生まれつつあるらしい。闇神隊に対する『ガゼッタの襲撃に協力したのでは？』という疑惑は薄れ、闇神隊長に纏わる数々の黒い噂やら誹謗《ひぼう》の類《たぐい》やらは酒場の席からも駆逐されていた。

だが、『闇神隊長の女癖の悪さ』という、本人の資質と最も掛け離れた噂だけは、相変わらずしっかり根付いている。

「露店で材料の指輪見てるだけなのに、女の店員さんがすっげー警戒するんだぜ……」

「だからー、もう開き直っちゃえばいいのよ」

いっそ、スンや私やラサやイフォカちゃんやエイシャやヴォレットの皆を侍《はべ》らせて街を練り歩いてみては？　と無茶な提案をするラーザッシア。

「悪化させてどうする！」

「そこまでやっちゃえば、逆にみんな気にしなくなると思うわよ？」

「冤罪《えんざい》はいやだー」

『別に罪じゃないけれどどっ』と自己フォローしつつ、悠介は馬車乗り場の柱の位置などを改築した動力車乗り場まで下りて来た。そして自家用動力車の運転席に乗り込んで助手席にラーザッシアを座らせ、帰宅の途に就いた。


貴族街の閑静な通りを行く自家用動力車。カスタマイズ能力の一つ『ギミック機能』で、一定の動作を付与したギミックモーターを動力源とする乗り物だ。動力車が一般的に走っているのは、カルツィオでもこのサンクアディエットの街だけである。

一般的と言っても、自家用の動力車を所有しているのは、お金持ちの貴族階級にある一部の家で、庶民は安価な交通機関として街中を走る『乗り合い動力車』を利用している。

どこかの貴族の紋章をつけた動力車とすれ違う。やがて宮殿の外周通りを離れ、店舗が並ぶ通りに入った時、ラーザアシアが道脇によく見知った人影を見つけた。

「ユースケ、ユースケ、あそこにいるのラサじゃない？」

「うん？　お、本当だ。つか、一緒にいる二人って……」

悠介は、並んで歩いている水色の長髪の女性と緑髪の男女の傍まで動力車を走らせると、道脇に停めて声を掛ける。

「あら、ユースケ様。シアも一緒ですか」

「隊長、ちぃーす」

振り返った水色の長髪の女性ラサナーシャは、悠介とラーザッシアを認めて宮殿帰りである事を察すると、「お疲れ様でした」と見る者を安心させる優しい笑顔で労った。

彼女は元サンクアディエットの唱姫《うたひめ》という国家公認の高級娼婦の一人だったが、その裏ではノスセンテスの諜報員として活動していた。悠介を亡命させる工作任務にも参加し、ラーザッシアとの姉妹を演じていた。

ガゼッタの急襲によるノスセンテスの滅亡や、その後の暗殺騒動などを経て悠介に全てを告白し、ラーザッシア共々、フォンクランク国内で処断されるに至った。

唱姫のカリスマ性もあってか、助命を嘆願する信望者達の声は宮殿内にも多く、唱姫としての身分剥奪と僅かな懲罰を受けた他は、密偵の洗い出しに協力する事を条件に恩赦が与えられている。

現在は悠介に自身の全権を預ける宣言をして、ラーザッシアと同じような立場に身を置いていた。

そんなラサナーシャの隣で、いつもの軽い挨拶をした緑髪の青年は、フォンケ。彼も闇神隊員の一人である。お調子者で女好きという分かり易い性格ながら、どんな状況下でも自分のペースを乱さない、という意外に優秀な特性を持つ付与系風技の使い手だ。

フォンケの隣で控えめに会釈している、彼と御揃いの服を纏った緑髪の女性はルフォリマという。闇神隊員達がそれぞれ管理している『闇神隊に所属する神民衛士部隊』の隊員で、一応フォンケの部下という立場にある。

だが、彼女は隣国ブルガーデンがフォンクランクと敵対していた当時に送り込まれた、ブルガーデンの元密偵であった。色々あって全てが露見した今はフォンケの下で暮らしており、この街の住人としても正式に認められている。

「にしても、珍しい組み合わせだな」

「はは、実はラサナーシャさんにこの辺りの店の使い方を教わってたんすよ」

悠介の指摘に、フォンケは頭を掻きながら笑う。

現在は貴族街という区画になっているこの上層区だが、五族共和制が施行される以前は『高民区』として『炎技の民』しか住む事を許されなかった。

四大神信仰の等民制が敷かれていた頃は、街の生活エリアも神格に従って四つの区画に分けられ、神格の低い民が許可無しに上位の区画に立ち入る事は、厳格に禁じられていた。

神格という区別の柵が取り払われた今でも、元低民区や中民区に住む人々がこの区画を気軽に歩く姿は少ない。

なにせ、元高民区に並ぶ店舗は全て高級店ばかりで、服装次第では入店を断られるような高級飲食店などもある。そんな訳で、この区画で暮らしていた住人に知り合いでも居ない限り、下の区画に住む庶民には利用したくても出来ない環境にあった。

「なんだ、デートに良い店でも利用するのか？」

「そんなとこっす」

女性に関しては予習、復習、事前準備に余念が無いフォンケは、上層区の高級店も気軽に利用出来るクールな紳士を演出して、イメージアップを狙っているようだ。

「そういう事にかけては勤勉というか、チャレンジャーというか……」

しばらく道脇でフォンケ達と駄弁《だべ》った悠介は、そろそろ行くかと動力車のギミックモーターを唸らせる。

「それじゃまたなー」

「お疲れっすー」

フォンケ達と別れて上層区の一画に立つ自宅まで帰って来た悠介は、屋敷で働く使用人達とスンに出迎えられた。

「お帰りなさいませ、ご主人様」

「お帰りなさい、ユウスケさん、ラーザッシアさんも」

「ただいま、スン」

「たっだいまー、スンちゃん」

最近はすっかりドレスを着慣れた感が出てきたスンは、ラーザッシアが両手で抱えていた機材の入った鞄を片手でひょいと預かりながら、二人を奥の広間に誘った。

「悪いわねー、流石にこれ抱えて歩き回るのは肩凝っちゃったわ」

「薬瓶とか重そうですもんね」

「その割には相変わらず軽そうに持つよな～」

スンとラーザッシアのやり取りに、悠介が『男の俺でも、片手でひょい、は無理だ』とツッコミを入れる。すると、スンは少し恥ずかしそうにしながら笑った。

サンクアディエットの西にあるルフク村出身のスンは、悠介がこのカルツィオに召喚されて最初に出会った人物で、白い髪と瞳を持つ無技人である。

神技を宿さない無技人は、神技人と比べて身体能力が高い。スンはルフク村で暮らしていた頃の癖もあってか、屋敷の住人でありながら荷物運びなども自然にこなしていた。

ルフク村では、ゼシャールドという治癒系水技の使い手である村医者の屋敷でお手伝いをしていた。悠介も、召喚された日からゼシャールドには色々と世話になっている。

ゼシャールドは、実は元宮廷神技指導官という大物で、隠居して無技人の村で暮らしている今でも宮殿の上層部に影響力を持つ。

そんな大御所の傍でお手伝いをして過ごし、今や英雄と呼ばれている悠介と懇意な関係にあるスン自身も、無技人でありながら闇神隊の専属従者という特別な立場にあった。闇神隊が任務で遠征する時には、常に悠介と行動を共にする。

実質、悠介の想い人であるスンだが、ただ護られているだけを良しとしない彼女の自立心に悠介が応えた登用であった。

「今日も弓の訓練に行ってたのか？」

「はい、最近は他の衛士の方も弓に興味を持ったらしくて、色々質問されるんですよ」

「そっか。まあ調整魔獣みたいな、神技で対抗し難《にく》い敵が出てきたりしたからなぁ」

以前トレントリエッタ国で反乱を起こした地下組織が、神技を阻害する能力を持つ魔獣を作り上げ、兵器として使った。

この反乱は数ケ国にまたがる大騒動となったものの、闇神隊の活躍など、フォンクランクの援軍によって鎮《しず》められた。しかしその後、神技阻害能力を持つ魔獣が拡散し、カルツィオ中に被害をもたらした。

それらを討伐したのが、ガゼッタから派遣された無技の戦士達だった。

神技を宿さない無技人は、その強靭な肉体と武器を駆使して戦う。攻撃神技の通用しない相手や、接近戦になった場合の前衛として、彼等は非常に心強い存在なのだ。

「そういや、ヴォレットが今度の地下探索にはスンも一緒に連れて行くっつってたぞ」

「地下の探索ですか？　面白そうですね」

「いい息抜きになると思うわよ？　悠介がいるから崩落とか遭難の危険も無いし」

奥の広間で、テーブルを囲んで寛《くつろ》ぐ三人。このところはコレといった事件もなく、悠介も気心の知れた仲間や『家族』達と平穏なひとときを過ごせている。

フォンクランクをはじめ、ブルガーデン、ガゼッタ、トレントリエッタの四大国は、五族共和制の理念の元に協力し合い、大きな問題も起こらず、豊かで平和な時間を享受していた。


悠介達がヴォレット姫の見識を深める活動の一環――という名目で遊んでいた頃。

パトルティアノーストにある中枢塔の空中庭園にて、膝裏まで伸びる紫掛かった白髪を風に靡《なび》かせながら、少女が一人、じっと空を見上げていた。

外見は十二歳の頃のままだが、かつてカルツィオに光臨した邪神の力で不老不死の存在となり、実に三千年にも及ぶ時を生きてきた里巫女《さとみこ》アユウカスである――ちなみに今年で三千五歳を数える。

「妙だのう……」

「どうした婆《ばあ》さん」

昼食の時間になっても空中庭園から帰ってこない里巫女の様子を見に来た、白族の長にしてガゼッタの現国王シンハが、空を見上げながら不可解そうに呟くアユウカスに声を掛ける。

「うむ。何か大きな存在が近付いておるようなのじゃが――」

空から視線を下ろさず答えたアユウカスは、気配の正体を探ろうと眼を細めた。自身の奥に宿るカルツィオの神と繋がる力――邪神と共鳴する力に意識を集中する。

「次の邪神が喚ばれるには早過ぎる……しかし、邪神の気配にも近い」

「同じ時期に複数の邪神が喚ばれた事は無いのか？」

「無い、とは言い切れんが、少なくともワシは知らんのう」

邪神が降臨する時など、カルツィオの神の力が働けばアユウカスはそれを感じ取れるし、また大規模な災害が起きる時も大地の変動から察知出来る。

その彼女が今感じているのは、邪神降臨と大規模災害の両方が混じったような気配だと言う。

「……いや、待てよ？　もしや――」

「なにか、覚えがあるのか？」

うむ、と頷いたアユウカスは、遠い遠い大昔に聞いた話を思い出す。

まだ普通の、人間の少女だった頃。病を患《わずら》っていた当時の自分と不死の身体を交換して死を得た、古代カルツィオに降臨して悠久の時を生きた一人の邪神より聞いた話。

この世界にはカルツィオのような大陸が無数に存在し、それらは互いに遠く離れた場所でそれぞれ独自に生命を育《はぐく》み、文明を栄えさせ、その大陸に住む『人類』による生活が営まれているのだと。

「およそ数万年に一度という長い周期で大陸同士が引かれ合い、融合する事があるのじゃそうな」

古代のカルツィオは今よりもずっと小さな大陸だったという。現在のカルツィオ大陸も、かつて別の大陸との融合を重ねて今の形と規模になったのだ。

カルツィオを見守る存在と同質の存在が近付いている。そう考えれば、この不可解な気配にも納得がいった。

「カルツィオと同規模の、別の大陸が接近しておる、という事か……」

大陸同士の融合は、ただ土地が広がるというだけではない。

かつての邪神の話に聞いた限り、それぞれの大陸はいずれも似たような環境なので、そこに住む『人類』も大きく姿形を違える事は無いという。

しかしそれは、互いの大陸に住む人々が融合した相手の大陸を『新たに増えた土地』と認識する事も意味する。

双方の大陸に住む人々が互いに纏まり合い、共に手を取り合えたならば、大陸融合は邪神降臨以上の変革効果をもたらす吉兆といえるだろう。

——だが、人類の歴史は戦いの歴史でもある。

このタイミングで五族共和制が浸透した事に、アユウカスは久しく感じていなかった戦慄《せんりつ》の想いを懐《いだ》く。

「これはカルツィオ《神》の意志か……或いは、ユースケの資質か」

「婆さん？」

謎の呟きにシンハが小首を傾げる。アユウカスが見上げる空は、北西の方角。フォンクランクとブルガーデンの国境がある辺り。

風に舞う花びらが北西の空へと流れて行き、それを何となく眼で追ったシンハの視界に、大きな薄雲のような影が映る。

ざあっと空中庭園を吹き抜けていく風に紫掛かった長い白髪を靡かせ、振り返ったアユウカスは、強く、静かに、里巫女のお告《つ》げを下す。

「シンハや、戦の準備と覚悟をしておれ。この平穏、暫《しばら》くお預けとなるぞ」

第二章　ポルヴァーティアの勇者

カルツィオを見守る存在を一つの『神』と定義するならば、別の大地を見守る『神』は別個でありながら同質の存在。大地が融合すれば、それを見守る『神』もまた融合する。

大地の上での出来事は、定期的に文明の停滞を打ち破る変革の使者が異世界から召喚される事を除いて、ほとんど全てそこに住む者達の選択に任される。

滅ぼし合うも良し、共存するも良し。神は人々の選択には関知しない。

ただ見守り、与え、育むのみであった。


狭間の世界に浮かぶ大地の一つ。

この世界に存在する精霊《神》に見守られし大地の中でも、一定周期に召喚される異世界からの使者を管理、支配し、使いこなす事で魔導技術を発展させた大陸、ポルヴァーティア。

その技術は、狭間世界を漂う自らの大陸をおおよそ任意の進路に向けて航行させられるほどにまで至っていた。

「ここにいたのかね、勇者アルシア」

「大神官……」

荘厳《そうごん》な装飾を凝らした法衣を纏う壮年男性に声を掛けられ、少女は静かに振り返る。

背中の辺りで束ねられた腰まで伸びる金髪をさらりと揺らして礼をとる少女に、大神官と呼ばれた男性は手を翳して楽にするよう応える。

ポルヴァーティア大陸に唯一存在する国であり、街でもある『聖都カーストパレス』。その中央に聳《そび》え立つ大聖堂の展望階からは、これから『浄伏《じょうぷく》』に赴く事になる『不浄大陸《ふじょうたいりく》』の姿が見渡せた。

「緊張しているのかね？」

「少し」

いよいよ出陣の時とあって、上手く戦えるだろうか、不浄大陸の蛮族はどんな相手だろうかと、これが初陣《ういじん》となる『勇者』アルシアは不安や期待に心を揺らす。

大神官はそんな彼女の髪を優しく撫でると、心配せずとも神のご加護は君と共にある、と言って励ました。先に斥候《せっこう》部隊が交戦前提の偵察に出るので、『勇者』の出番は本格的な浄伏《じょうぷく》を行う本隊『聖機士隊《せいきしたい》』の出撃する戦場が舞台である。

「大丈夫、君は神に喚ばれた『勇者』なのだから」

「はい。私、頑張ります」

憂いを払って自室へと戻っていくアルシアを見送った大神官は、窓の外に見える巨大な影、空いっぱいに広がりつつある他大陸の全景に眼を細めた。

神と定める存在に仕える神官が治世を行う、神聖大陸ポルヴァーティア。

統治機構である中枢組織は執聖《しっせい》機関と呼ばれ、民衆は信徒として神の信仰と執聖機関への奉仕を義務付けられている。

執聖機関は、世界の崩壊を防ぐ為に、バラバラになった神聖な大地を再び元の姿に戻す事を使命としている。

彼等が崇《あが》める『大地神ポルヴァ』は、この世界に大地を創り、人々を創造した大神であり、魔導技術の力の源である——とされているが、実態は執聖機関が生み出した偶像であった。この使命は他大陸への侵略を正当化する言い分で、別にそれが真実という訳ではない。

狭間の世界に浮かぶ大陸それぞれに文明がある事を知るポルヴァーティアの権力者達は、自分達の大陸をこの世の中心とすべく、計画的に他大陸との融合を進めて領土の拡大を続けているのだ。宗教的な指針は、民衆を管理統治する便利な道標《みちしるべ》として使われているに過ぎない。

ポルヴァーティアの支配者達が、狭間の世界とこの世界に浮かぶ大陸の事を知ったのは、純粋な技術の発展による世界の観察結果からではない。『勇者』の力によって世界の姿を知り、それが代々王家内でのみ秘匿《ひとく》される事実として言い伝えられて来た事による。

他大陸の存在を知り、大陸の進路を定める術《すべ》を得て、支配者に領土拡大を目論む者が選ばれた時から、侵攻計画は始まった。

その為に、一定周期で異世界から召喚される特殊な存在を、時に捕獲し、時に祭り上げて管理支配し、研究を重ねる事でポルヴァーティアの力として取り込んで来た。

召喚された『勇者』のタイプによっては、他大陸と融合する際に、相手大陸を制圧する使命を帯びた『勇者』として旗印に利用する。

当代の『勇者』であるアルシアは、三年ほど前にポルヴァーティア大陸の街外れに召喚されたところを執聖機関に保護された。

人外の身体能力を『勇者の力』として発揮する彼女は、直接戦闘力に特化した型の『勇者』であると判定され、神聖軍施設で訓練を受けてきた。そして今回の制圧作戦に参加する事が決まっている。

自室のある階へと下りる為、昇降機に向かったアルシアは、よく見知った一団と乗り合わせた。

「お？　勇者ちゃんじゃないか」

「また上の展望階にでも行ってたのか？」

「そういや浄伏《じょうぷく》の制圧戦が初陣になるんだってな」

親しい雰囲気で話し掛けてきた彼等は、神聖空軍《しんせいくうぐん》の制服を纏っている。緊張を解いたアルシアは、神聖空軍偵察部隊の若い部隊長とその部下達に挨拶を返した。

「こんにちは、カナンさん、偵察隊の皆さん」

彼等はこの世界に文字通り身一つで放り出されていたアルシアを最初に発見し、最終的に保護した部隊である。

部隊長のカナンとは訓練場で度々顔を合わせており、また周りにいる軍人達の中では比較的穏やかで軽い性格をしている為か話し易く、割と親しい間柄であった。

「最初の偵察に出るのはカナンさん達だって聞きましたけど……本当なんですか？」

「ああ、まあね。どうやら今は向こうにも異世界から喚ばれた存在がいるらしくてな――」

アルシアを『保護した実績』を持つ彼等に使命が下されたと言う。『保護した実績』との言葉に、アルシアがさっと赤面する。

「あ、あの時は、気が動転してて、ゴメンナサイ」

「はっはっはっ、無理もないさ、気にするな」

知らない街の郊外。降りしきる雨の中、甲冑を纏った巨漢の兵士に追い詰められて恐慌状態に陥った素っ裸のアルシアは、近くに生えていた木を引っこ抜いて振り回し、大暴れした。その騒ぎで神《しん》聖地軍《せいちぐん》の機動甲冑部隊に多数の怪我人という被害が出た。ちなみに、機動甲冑一体の戦力は通常装備の一般兵士二十人分に匹敵する。

そんな彼女に、毛布を掲げながら丸腰で近付き『俺達は君の味方だ』『保護しに来たんだ』と語りかけてどうにか宥める事に成功したのが、カナンと偵察部隊の面々なのだ。威圧的な機動甲冑の防護兜《フルフェイス》ではなく、顔を見せながら話し掛けた事が功を奏した。

「ま、威力偵察だから汎用戦闘機に機動甲冑も持って行くんで、そう危険はないだろう」

「向こうの文明レベルじゃあ、まだ飛行機械も無いそうだからな」

「そうなんですか」

心なしか表情を緩めるアルシア。不浄大陸の蛮族達は世界を混沌に導く妖しげな力を身に宿し、文明が未発達であるほど、その力が強力に作用すると聞く。が、流石に生身で空を飛んだりはすまい。

自分の降りる階まで偵察部隊の皆と暫しの談笑を楽しんだアルシアは、頑張ってくださいねと激励して自室へと戻っていった。


聖都カーストパレスの地下深くには、大聖堂の特別な通路からしか辿り着けない秘密の場所がある。数千年も前から秘匿されてきたその場所には、かつてポルヴァーティアの大地に降臨した『勇者』によって構築されたという魔導装置、大陸航行制御装置があった。

『航行』といっても、装置そのものに推進機能は無く、舵のような役割を担う。大陸後部に取り付けられた大型魔導装置を稼動させる事で、大陸の漂う方向をある程度コントロール出来るのだ。

「侵入角度このまま、回転抑制停止、接触まで残り一日を切りました」

「うむ。今回は海からの接陸かね」

「はい、目標大陸の外周は全て海になっているので、太陽周期の関係から限られる接陸場所で最も条件の良いところを選びました」

狭間世界を漂う大地は、それぞれ大地の中央上空で上下運動を繰り返す月と、大地の周りを回る太陽を持っている。

太陽との衝突を避ける為、大陸を接近させるには互いの太陽が離れている隙間から寄せる事になる。

二重の太陽から影響を受けて暫くは双方に天変地異が起きる場合もあるが、二つの太陽はやがて軌道を合わせて融合するので、この混乱に乗じて相手大陸に侵攻する。

大陸が融合して安定するまでに相手大陸の主要国を制圧するというのが、ここ数百年の間に大陸融合で領土を増やしてきたポルヴァーティアの、定石の戦略であった。

気を付けなくてはならない点は、太陽周期の向きを合わせる事。回転方向を合わせておけば安定も早くなる。

ポルヴァーティアが能動的に大陸融合を進めてきた歴史の中で、太陽が逆回転状態の他大陸と融合した際、安定するまでに十年近く掛かったという記録がある。

「一番発展している国でも、文明レベルはおおよそこちらの百年前といったところか。此度も楽に浄伏《じょうぷく》を進められるだろう」

「ええ、地形も開けた平地が多いので、拠点も置き易いでしょう」

大神官の言葉に答える特別高位聖務官、通称『特聖官』は、そう言って今回の目標大陸で最も発展していると観測された街周辺に広がる平地を、戦略地図上に指し示す。

「一つ懸念される問題があるとすれば、相手の『勇者』たる存在でしょうか」

「時期が重なったのは少々面倒だが、幸か不幸か、今回のこちらの『勇者』は役立たずであったからな」

思わぬ使いどころができたと思えば、そう悪くない余興にはなると、大神官は冷《ひや》やかに笑う。

召喚元の異世界から新しい技術や知識などを持ち込まない、個人の戦闘力に特化した『勇者』など、今のポルヴァーティアにとってはもはや無用の長物だ。

勇者アルシアは、ポルヴァーティアよりもずっと文明の遅れている世界から召喚されたらしく、色々と教育するのが大変だった。

「敬虔な信徒達には、良い宣教のシンボルになるんじゃないですか？」

「まあ、確かに絵にはなるな」

ポルヴァーティアでは異世界から喚ばれる存在を『勇者』と呼ぶ。

これは過去、ポルヴァーティアに光臨したいずれの『勇者』も、召喚される際に『来タレ勇者ヨ』との声を聞いたと証言した事から、この呼び名が定着していた。

様々な知恵や力を持つ『勇者』が相手大陸に居る時期は避けたいところではあるが、大陸航行の制御は進む方向に干渉するのが精一杯なのだ。近くに見つけた大陸を観測して侵攻可能か否かを判断すれば、後は近付くか離れるかしかない。

観測の結果、今回の目標大陸の文明は自分達より低いと判断された。原住民が特殊能力を持つ事実も発見されたが、こちらの魔導技術には対抗出来ないだろうという結論が出ていた。


特殊能力に関しては、その昔、まだ魔導技術が確立されていなかった頃には、ポルヴァーティアの人間も原始的な魔導術を生身で使用していた記録が残っている。

魔導技術の発展に伴い、人々から自力で魔導術を操る力が薄れていったものと解釈されている。これは機械的に魔導術を扱えるようになった事で、人体が生命活動の維持に特化するよう進化したのではないかと考えられていた。

実際、近年は平均寿命や体力、筋力などの生命力全般が、魔導術を生身で扱っていた頃よりも高いという検証結果が出ている。

「そういえば、軍務総監が斥候に例の二等市民で構成された偵察部隊をあてたそうですが」

「アルシアを保護した実績を買ったそうだ。あわよくば、目標大陸の『勇者』も篭絡出来るかもしれんとな」

「本気ですかね？」

「さてな。まあ、使える『勇者』であったなら、受け入れを検討してもよいが」

『遠見鏡《とうみきょう》』の画面に映し出した目標大陸《カルツィオ》の地表を眺めながら、大神官と特聖官は、明日から一般信徒向けに広報する不浄大陸の浄伏《じょうぷく》開始宣言について、話し合いを続けるのだった。


数日後。サンクアディエットの北側に広がる、いつぞやの休暇で悠介達が訪れた砂浜に、闇神隊一行をはじめとした幾つかの部隊が集結していた。

名門ヴォーアス家の嫡男《ちゃくなん》としてヴォレットの婚約者候補組の筆頭でありながらも、悠介から良き理解者として信を置かれる炎神隊員のヒヴォディルと、彼の率いる衛士隊。

特殊任務を専門に暗躍し、どこからともなく現れるフォンクランクの密偵で、今回は珍しく隠れていない『自称森の民』レイフォルド。

更にガゼッタの白刃騎兵団が五十騎に、シンハ王と里巫女アユウカスの姿も見える。

「ブルガーデンとトレントリエッタは代表を見送るそうだ」

「まあ、無難じゃろうな。ここはガゼッタとフォンクランクを前面に立てつつ、後方で動いて貰った方が良い」

シンハ王の言葉に、里巫女アユウカスは、現状ではそれが妥当だと頷く。

「だから、王様が前線に出てくんなと」

「ふっ」

悠介のツッコミを受け流すシンハ。地平線の先まで広がる海を正面に見ながら、いつもの軽い口調でガゼッタの代表者に声を掛けた闇神《ユースケ》隊長は、海の上に浮かぶ巨大な影、正確には空から迫る巨大な大陸を見上げた。

「しかしデカイな」

「おそらく、カルツィオと同規模の大地じゃろう」

悠介の呟きに、アユウカスがそう答えた。


――先日、ガゼッタ王室から各国に緊急の書簡が届けられ、カルツィオにかつてない規模の大異変が起きると里巫女のお告げが出たと伝えられた。

それから間もなく、フォンクランクの北の空に巨大な島の影が見え始め、夜にも薄《うっす》らとした太陽のものらしき光が空に浮かぶなどの異変が起き始める。

お告げの書簡を受け取った各国の王達は、一体カルツィオに何が起きているのか、詳しい情報を求めてガゼッタに使者を送った。

そうして教えられた古代カルツィオの歴史、大地の成り立ちに関する真実は、カルツィオの人々を震撼させるものであった。

既に周知の事実となっている四大神信仰の欺瞞《ぎまん》など、そんな二千年にも及ぶ歴史の闇さえ吹き飛ぶような事実——カルツィオは太古の昔から大地の融合を繰り返して今の姿になったという話は、大きな反響を呼んだ。

懐疑的な反応を示す者もいたが、それは内容への疑いではなく、なぜ今そんな話を暴露したのかと情報開示自体の裏に対する疑いであった。

しかし、それらの疑念はすぐに払拭された。フォンクランクの北の空に迫る巨大な大陸という目の逸らしようのない現実と、里巫女アユウカスから告げられたひと言によって。

『カルツィオの大地に住む全ての人々が団結せねば、カルツィオの人間は全て、あの大地の者達に隷属《れいぞく》させられるであろう』

新たな大地が広がるという一大イベントは、同規模の大地から侵攻を受けるという壮大なオマケ付きだった。
必ずしも相手側からの侵略が行われるとは限らないのではないか、という意見も当然あったものの、それに対しては――

「ワシは里巫女じゃ、この世界の『神』たる意思に触れ、それを通じて諸現象を視通《みとお》しておる」

向こうの大地の統治者はやる気満々で、しかも意図的に自分達の大地をカルツィオの大地へ寄せてきているのだとアユウカスは答えた。

巨大な大地を操るほどの力を持つような者達を相手に、果たしてまともに戦えるのか。取り返しの付かない被害が出る前に和平を申し入れるべきではないか。そんな消極的な降伏論者の声も多少は聞かれたが、大多数は戦う事を支持した。

そうしてまずは、向こうと最初に接触する事になる北部の海岸に使者を送り、宣戦布告か、降伏勧告か、或いは和平交渉か、何らかの動きに備えて相手側の出方を見ようという事になった。

どんな相手がどんな方法で何を仕掛けてくるのか分からないので、あらゆる事態に対応出来る者が使者として選ばれた。

フォンクランクから闇神隊が出るのは必然的であった。そして、何かあればまず国王が自ら出向く傾向のあるガゼッタからはシンハ王が顔を見せ、里巫女アユウカスも付いて来た。

「あれって街だよな、サンクアディエットよりデカイんじゃないか？」

「ワシが視《み》た感じ、向こうは単一国家としてやっておるようじゃな」

相手側の大地はカルツィオに対してほぼ垂直の角度で接近しており、このままぶつかれば貝の蓋が閉じるように地表同士がぶつかるようなエライ事になるのではないかと、大惨事を危惧する悠介。

「ブルガーデンのボーザス山も、その昔カルツィオにぶつかった大地がひっくり返ったのではないかと言われておるしなぁ」

「えっ、マジすか！」

「うそじゃ」

ただのでまかせだとニヤリとしたアユウカスは、流石に大地同士が閉じ合って双方全滅するような事は無いと言ってカッカッと笑う。こんな状況でそんな冗談を言える余裕がある辺りは流石ですねと、悠介は半目で見返す。

そんな悠介隊長を余所に、上空から見下ろすような蜘蛛の巣を思わせる相手側の街の姿を目の当たりにした他の闇神隊メンバーやヒヴォディル達衛士隊は、ただただ圧倒されていた——約一名を除いて。

「あんだけデカイ街なら……可愛い子もいっぱいいるに違いない！」

「お前はいつでも変わらんな……」

適応力に定評のあるフォンケの呟きに、ちょっと癒される悠介なのであった。

第三章　カルツィオの邪神と来訪者

ポルヴァーティアの大地は、カルツィオの大地に対してほぼ垂直の角度で接触した。互いの海が繋がり、接触部分では激しくせめぎ合う波が渦巻いている。

見た目こそ接触部分から急角度になっているが、どういう仕組みなのか、水がどちらかに流れ込むという事もなく、双方の大地は互いに直角でありながら水平な状態を保っていた。

「すごい……」

「有り得ない光景だな」

エイシャとシャイードが唖然《あぜん》とした表情で呟くと、ひたすら圧倒されている他の闇神隊メンバーも揃って頷く。

「あれって、ずっとこのままって事はないよな？」

「恐らく、数日掛けて向こうの大地と平行になるのじゃろう。あれを見よ」

悠介の素朴な疑問に、アユウカスが推論を述べると、向こうの大地に見える海沿いの港を指し示した。

整備された海岸には、軍艦らしき船が多数接岸している様子が窺える。カルツィオの海岸にそのような設備はない。そもそも漁以外で海側に船を置く理由も無かったのだ。

「あれは軍用の港じゃな、大地の融合を前提にしたモノじゃろう」

「という事は、向こうと平行になってから船で攻めて来る？」

アユウカスの解説に、悠介は今後の展開を推測する。

今出航すれば角のところで確実に引っ掛かる筈なので、海が平行にならなければ向こうからこちら側までは来られない筈。それならば、数日掛かると思われる大地の平行化までの猶予期間に、どうにか相手と交渉を持てるのではないか。

そんな考えを浮かべる悠介だったが、もう一つ、あの巨大な街を見て内心で危惧する事があった。大地を操って寄せて来るほどの術《すべ》を持つ相手。それは神技のような力なのか、或いは推進装置のような技術なのか。

(相手の技術力とかが高いと、現代兵器つえー状態になり兼ねないからなぁ……)

軍港と思しき岸壁に並ぶ船には、マストや帆らしきモノが見えない。ガレー船のような櫂《かい》も出ていないし、煙突らしき突起部分も付いていないように見える。大砲などは積まれていないだろうかと悠介が観察していたその時――

「ユウスケさんっ、何か飛んできます！」

目の良いスンが空を指差して警告した。その隣で眼を細めたシンハも気付き、慌てて『索敵の風』を放ったイフョカがそれを捕捉する。

ヒヴァディルの率いる衛士隊からも『索敵の風』が放たれた。が、その時には既に目視で確認出来る距離にまで迫っていた。

「な、なんだあれは！」

「鳥――のようには見えないぞ？」

「見ろっ、人が乗っているぞ！」

それは車輪のない動力車にも似た箱型の物体。悠介の知る乗り物で言うならば、揚陸艇《ようりくてい》のような形をした飛行機械だった。

翼もプロペラも付いていない、ジェットエンジンのような炎も見えない空飛ぶ船が四機、こちらに向かって飛んでくる。

「……こりゃヤバイか？」

飛来する揚陸艇モドキを見て、悠介は危惧していた事が当たったかもしれないと身構えた。

カーストパレスの神聖空軍基地を飛び立った威力偵察の斥候部隊は、相手大陸の海岸線に集まっている兵士達らしき姿を見つけてそちらに進路を向ける。だが、距離が近付くにつれてその規模の小ささに違和感を持った。

「やけに少ないな」

ほとんどが軽装の歩兵で構成され、騎馬兵らしき姿も見えるが、いずれも数えるほどだ。操縦士の隣で敵勢力の様子を窺っていたカナンの呟きに、射撃を担当する銃座の部隊員が答える。

「向こうは対話の使者でも立ててきたのでは？」

「ああー、ありうるな」

相手側がポルヴァーティア大陸の接近をどう捉えているのかは分からないが、こちらの侵攻を予測でもしていない限り、いきなり大軍を用意するというのも考え難い。

巨大な聖都カーストパレスの姿は相手側からも見えている筈。人が住んでいる事が分かる以上、まずは何らかの交渉を試みようとする方が自然だ。

「どうします？」

「どうするって……やるしかないだろう」

この斥候は相手の戦力を測るのが目的であり、何よりも執聖機関は対話など望んでいない。問い合わせをしたところで『いいから攻撃して情報集めろ』とお叱りを受けるだけだろう。

実際そういう経験をしたという空軍の古株が、カナンの知り合いにもいる。カーストパレスではただでさえ風当たりの強い二等市民の身にあって、執聖機関の不評を買うのは利口ではない。

「ま、相手にゃ悪いが、段取り通り接近して機動甲冑を投下だ」

「了解」

荷台で待機している機動甲冑の兵士に降下準備の合図を送り、汎用戦闘機は高度を下げ始めた。

フォンクランクとガゼッタの代表者連合が集まる場所より、悠介の目測で正面に五十メートルほどのところまで降下して来た箱型の空飛ぶ船から、何かが投下される。

「何か落としたぞ？」

「甲冑を着た兵士にも見えるが……」

降りて来たというか、落ちて来たのは八体の甲冑兵士。地面が砂だったとはいえ、結構な高さだったにもかかわらず平然と歩き出す甲冑の兵士は、左腕側に盾、右腕に短弓らしき武器が備え付けられており、腰には剣を下げている。

見た目から判断するならば、あの甲冑を纏っているのは相当に大柄な人間であろう。が、悠介は地球世界《いせかい》の知識を持つが故に、別の観点から警戒心を懐く。

「あれ、中身ちゃんと人間なんだろうな？」

「なにはともあれ、ここは僕の出番だね」

今回、交渉担当の任を授かったヒヴォディルはそう言って前へ踏み出した。カルツィオの代表として、まずは相手との意思疎通を試みる。アユウカスの話では、多少の訛《なま》りはあれど言葉も同じ筈との事だ。

風技を使う部下に声の音量を増幅する『広伝《こうでん》』を頼んだヒヴォディルは、のっしのっしと横並びで歩いて来る甲冑の兵士達に挨拶の口上を述べた。

「――我々はカルツィオの大地を治める国々より集《つど》いし代表である。来訪者よ、我々は対話の席につく事を望んでいる――」

ヒヴォディルの『広伝』による対話の呼び掛けに対し、甲冑の兵士達は顔を見合わせるような動作をしたかと思うと、その内の一人がヒヴォディルを指し示すように腕を突き出す。すると、その腕に装着されている短弓らしき部分が白く光り始める。

警戒していた悠介は、咄嗟にカスタマイズ能力でヒヴォディルの周囲に砂の防壁を構築した。瞬間、甲冑兵士の短弓から光の塊を引き伸ばしたような『光の矢』が放たれ、防壁はいとも簡単に撃ち抜かれた。

間一髪、ヒヴォディルの身体は悠介のシフトムーブによって衛士隊の近くへと移動していたので、掠り傷さえ負わずに済んだ。

「決裂だね」

「早いな」

アユウカスのお告げで分かってはいた事だが、対話を求める相手にいきなり致死性の攻撃を放ってくる辺り、話の通じる相手ではなさそうだ。フォンクランクの衛士隊、及びガゼッタの白刃騎兵団は迎撃態勢に入った。

ヒヴォディルの衛士隊が神技による遠距離攻撃を試み、白刃騎兵団は接近戦に備えて衛士隊の近くに待機。後方に陣取る闇神隊は悠介を中心に防御陣形を敷く。

この辺り一帯の砂浜は広範囲にわたって悠介の能力で干渉可能なアイテム化、『資材化処理』を施してあるので、イザとなればシフトムーブを使って即座に全員を退避させられる。

「とりあえず、イフョカは本国に連絡を入れておいてくれ。他は空からの攻撃に注意しつつヒヴォディルの部隊と連携して適当に迎撃」

「は、はい！」

「了解」

カスタマイズメニューを弄《いじ》りながら指示を出した悠介は、資材化処理をしておいた砂浜の全景を表示してリアルタイムに変化する地表の様子を睨む。敵の甲冑兵士が範囲内に入ってくるようなら、地形のカスタマイズで捕縛する手も検討していた。

衛士隊の攻撃で火炎弾、風刃、氷塊、土塊《どかい》といった神技が次々と撃ち込まれているが、盾を構えながら前進する甲冑兵士にはいずれも今ひとつ効果が見られない。そのうち甲冑兵士達が揃って右腕を向けると、短弓が白く光り始める。

「光の矢が来るぞ！」

白刃騎兵団が盾を構えて衛士隊の前に立ち、悠介はヒヴォディルを護った時の三倍近い厚みを持った防壁を構築して備えた。

やがて飛来した八本の光の矢が砂の防壁に次々と着弾、派手に大穴を開けていく。穿《うが》つには至らなかったが、十分に驚異的な威力だ。

「あれって連射は出来ないっぽいな」

「ああ、だが当たれば一撃で仕留められそうだ」

光の矢を放つ短弓の性能を分析する悠介の隣で、『当たらなければどうという事は無いがな』などと口にしつつ白金の大剣を構えるシンハ。

高いところから飛び降りても平気で、砂に足を取られる様子もなくズンズン歩く敵兵士の甲冑について、パワースーツのような効果を持つのではないかと睨んだ悠介は、イフョカに詳しく様子を探って貰う。

上空を旋回している揚陸艇モドキの飛行機械を見るにつけ、二メートル近い巨体を持つ甲冑兵士は、実はロボットのような自動戦闘兵器だという事も考えられなくはない。

「あれ……？　なんだか……動力車みたいな音が……」

「人の気配は？」

「話し声が、聞こえます……風技の伝達とは、違う感じですけど……声を飛ばしあってる……？」

「ふーむ、やっぱパワースーツの類か？」

仮に『装備品』であるなら、何でも良いのでカスタマイズを実行して反映させれば、カスタマイズ・クリエートシステムの仕様により装備を解除させるという裏技が使える。

この方法をとるには一度相手に触れる必要がある。だが、あの甲冑兵士が『装備』ではなく『搭乗』しているのだとすれば――

「光の矢が来ます！」

「よいしょっと」

味方の警告を聞いた悠介は、カスタマイズメニューの画面を弄って砂の防壁を出現させる。今度は最初の五倍ほどの厚みを持たせてある。とりあえず甲冑兵士を無力化する方法は思いついたものの、あの飛び道具は厄介だ。

「シンハ、騎兵団で接近戦仕掛けて、こっちの範囲内に誘導出来ないか？」

「何か、策でも浮かんだのか？」

仕掛ける事に異存はないシンハは、白刃騎兵団に合図を送って自らも突撃態勢に入りながら、一応悠介の作戦を聞いておく。落とし穴や檻を作って捕らえるつもりなら、巻き込まれないようタイミングを合わせる必要もある。

「策というか、乱戦になったら俺も接近するチャンスができるだろ？　近付いて装備ひっぺがすって方法と……もう一つ」

甲冑兵士の甲冑が『装備品』ではなかった場合はもっと効率的に無力化出来ると答える悠介に、シンハは『楽しみだ』と笑い返し、半分崩れた砂の防壁を乗り越えて突撃を敢行するのだった。


一方、ポルヴァーティアの人型戦闘突撃機、通称『機動甲冑《きどうかっちゅう》』を駆る神聖軍兵士は、上空の偵察部隊と連携を取りながら、砂を隆起させて防壁に使う敵の防御手段について情報収集を行っていた。

恐らくは特殊能力の類によるものと思われるそれが、地形に干渉するような能力であった場合、その効果範囲次第では建設した拠点を攻撃される危険性がある。原住民の使う特殊能力の概要把握は重要だった。

「隊長機より各機へ、敵が接近戦を仕掛けてきた。どんな特殊能力を使うか分からん、十分に注意しろ」

各僚機から『了解』の通信を受けた隊長機は、正面から突っ込んでくる白金色の大剣を振りかざした白髪の男に狙いを定めて、接近戦用の機動甲冑用重剣を装備した。

ポルヴァーティアの全軍に配備されている機動甲冑は、搭乗者の動きを補佐する機構と装甲の組み合わせで、少々の攻撃ではビクともしない。何も着ていない状態並みに素早く動けるし、重装備ながらほとんど体力を消費せず走り続けられる。全身に着用するような形で搭乗していて、安全処置として過剰な力も発生しない。

その上、水中仕様や空中仕様などの追加装備があり、用途に合わせて様々な種類の機体を組める。標準型でも飛行機械に使われる浮遊装置が内蔵されているので、跳躍してからの滞空時間が長く、上空を滑空しながら『光撃弓《こうげききゅう》』で射撃を行うという戦法も取れる。滞空中も多少の姿勢制御が可能だ。

標準武装は弓と盾と剣。

『弓』は一般兵も使う『汎用神聖光撃弓』で、純粋な魔力の塊を凝縮して放つ最も安価な飛び道具である。

『剣』は非常に硬くて重い、機動甲冑で使う事を前提にした近接用の武器で、『汎用神聖大剣《しんせいたいけん》』という鋳型《いがた》の大量生産品。

『盾』は普通の盾だが、剣と同じく重い、ポルヴァーティアの紋章入り『汎用神聖大盾《しんせいおおたて》』。

左腕に盾、右腕に光弓、腰に帯剣するのが基本仕様で、右手に剣を持ったままでも光撃弓を扱える。

風を斬る音が重々しく唸る。機動甲冑の振るった重剣が描いた大きな弧を潜り抜け、シンハの持つ白金の大剣が大柄な機動甲冑の脇腹へと叩き込まれる。

ガスンという重い打撃音。僅かに揺れた機動甲冑が、懐《ふところ》に入り込んだ白髪の戦士に向かって左腕の盾を振り下ろす。

素早く横に跳んで躱したシンハは着地の態勢からそのまま地を蹴って後ろに跳び退《すさ》ると、返って来た『汎用神聖大剣』の攻撃範囲外へ逃れた。

「あの巨体でこの動きか……しかも異常に打たれ強い」

甲冑兵士は、邪神の力で強化された愛剣による渾身の一撃にもほとんど怯《ひる》んだ様子を見せず、淡々と攻撃を繰り出してくる。シンハはこれが敵軍の標準的な一般兵士なのか、或いは特別な精鋭兵士なのかを考える。もし前者だった場合、この先相当な苦戦を強《し》いられるだろう。

部下達の様子を見やれば、七体の甲冑兵士を相手に五十人の白刃騎兵団戦士がほぼ総出で戦ってどうにか互角という戦闘が繰り広げられていた。

剣も槍も通さない甲冑兵士は仲間との連携を取らず、それぞれが個別に戦士達を相手取っている。重量級の大剣や盾を縦横無尽に振り回しているが、些《いささ》かの疲労も窺えない。

彼等が連携していないのは、七体それぞれが名の有る戦士なので孤高であり続けようとしている、という訳でも無さそうだ。

動きで判断する限り、同じ訓練を受けた同じ戦闘技術を持つ同じ組織に属する兵士、といった特色が窺える。

「こちらの力を見定めているのか」

規模からして斥候、偵察の類であろうと看破したシンハは、予定通り少しずつ後退して『資材化地帯』に甲冑兵士達を誘導する行動に移った。


隊長機の機動甲冑から、上空の汎用戦闘機に通信が送られる。敵側の戦闘力はほぼ想定の範囲内だが、機動甲冑とサシでやり合えるような飛び抜けた戦闘力を持つ個体も確認された。

「とりあえず、後方にいる特殊能力の集団にも仕掛けてみる」

『了解した。砂が隆起した際にかなり大きな魔力値が観測されている、十分注意してくれ』

「了解だ――隊長機より各機へ、これより敵の後方部隊に仕掛けるぞ」

シンハと対峙していた隊長機は大きく剣を振るって牽制すると、空高く跳躍してシンハを一気に飛び越えた。僚機の七体もそれに倣《なら》い、白刃騎兵団の包囲網を抜け出すと、後方で控える衛士隊に空中で光撃弓を向ける。

「……っ、これは、誘導するまでもなかったか。しかし――行ったぞユースケ！」

呼応するように現れた砂の防壁に、光の矢が次々と撃ち込まれていく。空中を滑るように前進する甲冑兵士達は、通常の弓と同程度の間隔で光の矢を放ちながら砂防壁を削ると、そのまま踏み崩すように防壁上へと着地した。

そして防壁の裏側に隠れているであろう敵部隊の集団に攻撃を仕掛けようとして、はたと動きを止める。

「敵はどこだ？」

『左前方に敵部隊を確認！』

砂の壁が現れた時はまだそこにいた筈なのに、いつの間にか随分と離れた位置に移動している。

存外、素早く動ける能力でも持っているのかもしれない。それならばそれで、どういった類の能力なのかしっかり観測しておかねばと、隊長機は改めて攻撃の指示を出そうとして――

「なんだ……？　機体が動かん」

『隊長っ、機動甲冑が動きません！』

『こっちもです！　行動不能っ』

『脱出装置も作動しません！』

突然身動きが取れなくなり、僚機からも次々と行動不能の通信が入る。機動甲冑の魔力残量や各部の接続状態に異常は見られない。外部装甲にも大きな圧力が掛かっているような事もなく、全くの原因不明であった。

「よし、捉えた」

カスタマイズメニューを弄って空中に指を這わせる悠介がポツリと呟く。カスタマイズ画面の中には、資材化地帯に入った甲冑兵士達の機動甲冑をグループアイテム化して取り込み、完全に掌握した状態が映し出されている。

「つーか、乗り物だったんだなコレ」

掌握した機動甲冑を解析して色々と情報を読み取ると、『ポルヴァーティア神聖地軍所属、汎用機動甲冑〝人型戦闘突撃機〟』という敵兵の名称が読み取れた。

「ポルヴァーティアって向こうの国の名前かな？　とりあえずこっちは無力化出来た」

「後は飛んでおる奴じゃの」

悠介のカスタマイズ画面を横から覗き込んでいたアユウカスが、そう言って空を見上げる。旋回を続けていた箱型の空飛ぶ船が、大きく軌道を変える動きを見せた。

原因不明の行動不能状態に陥ってしまった機動甲冑部隊は、不自然な活動停止は故障の類ではないと判断、隊長機から上空の汎用戦闘機に救出と援護要請を出した。

魔力値を観測していた汎用戦闘機部隊は、機動甲冑が行動不能に陥る寸前、砂の壁が現れる時のような魔力値の大きな変動を感知していた。これにより、敵側が使う何らかの特殊能力による影響が機動甲冑を行動不能にさせたと睨んだ。

通信具は問題なく使用可能な事から、動力である『魔導装置』に異常を発生させるような類の特殊能力では無いと推測される。偵察部隊長カナンは、汎用戦闘機による攻撃での機動甲冑部隊救出を指示した。

「二号機と三号機で敵後方部隊と歩兵部隊を牽制しろ。四号機は上空待機で補佐、搭乗者の救出には俺達が行く」

四号機がこの付近一帯を見渡せる位置について合図を送ると、三機の汎用戦闘機は連なって降下を始めた。


「空襲に注意ー！」

箱型の空飛ぶ船に付いている武装は連射の利く飛び道具らしく、甲冑兵士が放っていた光の矢ほど強力ではないものの、石礫《いしつぶて》をぶつけられるくらいの威力はありそうだ。

悠介は複数の柱で支える半円状の屋根付き砂防壁を出現させて皆を護る。空からの掃射という、馴染みの無い攻撃に衛士隊は戸惑っている。

『空襲警報』を発しながらカスタマイズ画面を弄る悠介は、今し方、頭上を通り過ぎていった戦闘機の後に続いて突入して来る、もう一機に狙いを定める。

「この辺か……っ、実行！」

低空で侵入して来た戦闘機に対して、悠介はその進行方向に砂塔を建ててぶつけるという迎撃方に出た。いきなり正面に生えた塔を回避しようと機体を傾けた戦闘機は、避けきれずに側面から衝突。

ぶつかった瞬間、悠介はカスタマイズ画面で機体をグループアイテム化させ、砂塔の一部として取り込む事に成功した。先ほど『機動甲冑』を無力化したのと同じ方法である。

「シンハ！　捕獲頼むっ」

一度ひっくり返して搭乗員を振り落とし、シンハ達に拘束を依頼する。座席にベルトなどで固定されていた操縦者も、機体を地上まで移動させて身柄を確保。

戦闘機の搭乗員達は、何が起きているのか分からない様子で、ただ呆然としていた。

「汎用戦闘機っていうのか……なんか色々ヤバイものも付いてるな」

ポルヴァーティア軍の汎用戦闘機を解析した悠介は、一部に修正を加えて砂塔に組み込んだ。即席の砲台として利用するのだ。

救出に来た残りの敵戦闘機に対し、砂塔砲台にした汎用戦闘機の機銃『神聖光撃連弓《こうげきれんきゅう》』で反撃を始める。

機体から振り落とされた搭乗員達の治癒を引き受けていたエイシャは、空を飛ぶ機械に付いている武器を動かし始めた悠介に驚いて声を掛けた。

「隊長、使い方分かるんですか？」

「人が使うもんだからな、こういうのは似たり寄ったりになるもんだ」

流石に機体そのものの操縦は難しいが、カスタマイズメニューに性能なども表示されるので、それを見れば大体使い方は分かる。操縦席横の銃座に座るとレバーを握って機銃を操作し、照準板の丸印に敵影を合わせながら引き金を引く。

悠介が元居た世界の、火薬を使う現代兵器とは随分違った駆動音、魔力の充填音らしき稼動音を響かせながら、凝縮された光の矢が連続発射される。

バラ撒かれた光の矢は、接近する敵汎用戦闘機の装甲を叩いた。


「奴等、使い方が分かるのか⁉」

『こちら二号機、被弾した！　くそっ、推進装置の隙間に当たっちまった！』

「二号機は帰投せよ！　四号機は援護に入れ、カナン隊長と機動甲冑部隊の救出を優先するぞ！」

『四号機了解、これより援護に入る』

上空を旋回しながら付近一帯の監視をしていた四号機が降下を始め、二号機は若干姿勢を崩しながら離脱していく。今回は大陸がほぼ垂直方向に接陸しているので、カルツィオの空域からポルヴァーティアの空域に入る場所では機体の向きに注意が必要だ。

ポルヴァーティアの神聖空軍基地と通信が可能になる範囲に入ると、現在の状況と一時帰投する事を伝える。

「これは、場合によっては救援要請が必要かもな」

「救援か……出してくれると思うか？」

カナンが部隊長を務める偵察部隊は、隊員全員が純粋なポルヴァーティア人ではない二等市民で構成された部隊である。所謂《いわゆる》『使い捨て』の出来る部隊だ。

戦闘の様子は『遠見鏡』でも観測している筈。敵兵の特殊能力や魔力値の測定結果から『手に入れられれば良いが無くても大して困らない程度』と上が判断したなら、隊員の救出に応援を出して貰える可能性は低い。

「最悪、機動甲冑も鹵獲された機体も吹っ飛ばして終わりだな」

「……捕虜として連れて行かれるのと、どっちがマシかってところか」

そう遠くない内にこの大地もポルヴァーティアに取り込まれ、執聖機関の統治下に置かれるだろう。それまで無事に生き延びる事が出来るなら、捕虜として敵国に連れて行かれる方が良いかもしれない。もちろん捕虜の扱われ方次第だが。

二号機の操縦者と搭乗員がそんな会話を交わしていた時、魔力値の観測装置が一瞬、異常な数値を指し示した。が、それはすぐに通常の値へと戻った。機体の周囲を見渡すも、大きな魔力を発するようなモノは見当たらない。

「故障か……？」

「観測装置にも被弾してたのかもな」

魔力を感知する観測装置の感知板部分は、機体下部で剥き出しになっている。推進装置を護る装甲の隙間に当たるような攻撃を受けたので、感知板に被弾していてもおかしくはないだろう。

そう判断した二号機の搭乗員は、一瞬だけ指し示された異常数値の事は気にせず、帰投を急いだ。


二機の汎用戦闘機を相手に、砂塔の一部と化した光撃連弓で応戦する悠介。微妙に威力を強化したり、相手の攻撃を防ぐ防壁を出したり修繕したりと、忙《せわ》しない操作が要求される。そこへ――

「どれ、ワシも手伝うか」

邪神との共鳴能力を持つアユウカスが、悠介のカスタマイズ能力を通じて光撃連弓の操作を覚えると、もう片方の銃座について参戦した。ただし、手足が届かないのでシンハを呼び、その膝に座りながら。実はこうしてシンハにも使い方を学ばせている。

アユウカスの参戦で負担の減った悠介は、カスタマイズ画面に捉えた資材化地帯の機動甲冑をとりあえず一箇所に纏めると、搭乗員は後で捕獲する事にして、少し弄っただけで放置。空いた空間に衛士隊や白刃騎兵団の戦士達と捕虜を避難させておく為の防空壕を組み上げた。

「これで墜落に巻き込まれる危険も減らせるだろ」

「相変わらず部下想い、兵士想いじゃな。しかし、当たらんのう」

派手に光の矢をバラ撒いているアユウカスと悠介だが、素人の腕では思いのほか当たらない。

相手側も自軍の機体を奪われての反撃に、一切の油断や侮《あなど》りを棄《す》てて掛かって来ているので、二機の回避と攻撃の連携は中々に手堅い。

「なるほどね、そういう仕組みなのか。じゃあ僕も手伝おうかな」

ここで自称森の民、レイフォルドがサポートに入った。戦闘開始時からいつものように一歩……というか十歩くらい下がった位置で全体の動きと流れを観察していた彼は、敵勢力を見定め、神技での対抗手段を模索していた。

早々と神技だけではどうしようも無いという結論に至ってしまったが、幸いにもカルツィオには平穏を望む変革の使者、『邪神』悠介が存在する。

高度な技術を誇る、機械類を武器として駆使する相手にとって、悠介の力は相性最悪のカウンタースキルだ。

相手の機械類を乗っ取り、上手く神技と組み合わせる事で対抗する。レイフォルドはまず自らがそれを実践すべく参戦した。

己が風技でこの空域一帯を正確に認識し、敵戦闘機の動きをリアルタイムで把握して、次にどう動くのか、どこを狙って撃てば良いのかを、照準板に砂粒を集めて指示。

この補佐のおかげで、光撃連弓に搭載されている照準を使うより、レイフォルドの指示した予測地点を目掛けて撃つ方がよく当たるようになった。

このやり方は補佐の精密度がそのまま命中率に繋がるので、熟達した風技の使い手であれば誰もが効果をあげられる。


風技の補佐により、強化された光の矢が次々と着弾し始める。

「左側面装甲剥離！　光撃連弓充填装置破損っ、これ以上はヤバイ！」

『こちら四号機、浮遊装置に異常発生につき、戦闘空域より離脱する』

「…………仕方ないか」

これ以上ダメージが嵩《かさ》めばこっちも危ないという事で、引き揚げる決断を下す偵察部隊の臨時指揮官。一旦急上昇して砂塔砲台から距離をとりながら、大きく旋回する。いつの間にか一箇所に集められていた機動甲冑部隊と、砂塔に取り込まれている汎用戦闘機の一号機を視認すると、自爆信号を送る装置に指を掛ける。

「カナン隊長達は捕虜になってるけど、機動甲冑部隊は搭乗者がまだ中にいるんじゃあ……？」

「ああ、だが……」

救出出来なかった以上、回収不能な機体は爆破して相手側に渡さないようにしなければならない。

汎用戦闘機の自爆装置は既に試したが、砂塔に衝突した際に故障でもしたのか、作動しなかった。

「せめて隊長の機に取り付いてる黒い奴は道連れにしてやりたかったが……——赦《ゆる》せよ」

カチリッ、と自爆信号のスイッチが押し込まれる。しかし、何も起きない。

機動甲冑の肩と頭部に付いている識別灯は、自爆信号を受けた事を示す赤い点滅を繰り返しているが、一向に爆発する気配はなかった。

「どういう事だ……！　幾らなんでも全機不発は有り得ないぞ」

戸惑いながら上空で旋回を続けていた三号機に、砂塔砲台から飛んで来た光の矢が届く。光撃連弓の射程を超える高さまで距離をとっているにもかかわらず攻撃を受け、慌てた臨時指揮官はこのまま帰投する事を選んだ。

『相手にこちらの兵器を奪われては危険』という情報を得て、彼等はポルヴァーティアの空軍基地へと引き揚げて行ったのだった。


「やれやれ、引き揚げたか……」

砂塔砲台の銃座から小さくなる標的を見上げていた悠介は、そう言ってひと息吐いた。シフトムーブで砂塔から地上に下りると、闇神隊メンバーが集まって来て労いの声を掛けてくれる。

「お疲れ様でした、ユウスケさん。お水どうぞ」

「隊長、お疲れ様でした」

「今回はなんとかなりやしたね」

「あの甲冑兵士、頭と肩が光ってるけど、なんなんすかね？」

得体の知れない高度な技術を持つ敵を目の当たりにした事で、皆の表情にも若干の憔悴《しょうすい》が見て取れた。約一名、普段と変わりないのが交じっているが。

「ああ、なんか自爆装置だったらしい」

「自爆……」

汎用戦闘機と機動甲冑の自爆装置は、実は悠介が爆弾諸共カスタマイズで除去していた。カスタマイズメニューにはちゃんとそれぞれの機能なども表示されるので、やばそうな部分を予め解体しておいたのだ。

「しっかし……あんなのが大挙して押し寄せて来たら、サンクアディエットでも一日で火の海になるぞ」

何とか追い払えたが、あれが斥候に過ぎないのは分かっている。空を飛ぶ戦闘機など、カルツィオには無い。当然、街には対空防衛の機能なども備わってない。

「まあ、今のカルツィオに存在する全ての街に言える事じゃゃな」

アユウカスもシフトムーブを使って砂塔砲台から下りてきた。一部ながら、もうすっかりカスタマイズ能力を使いこなしているようだ。シンハはまだ上で銃座に収まって、光撃連弓の操作を覚えようとガチャガチャやっている。

とりあえず、戦闘機に装備されていた武器は材料さえ揃えばコピー出来る。悠介は『これで対抗出来るか？』と腕組みして考え込む。武器の量産計画を検討する悠介だったが、アユウカスの発した警告がその思考を中断させた。

「それはそうと、もう一つ得体の知れんモノが来ておるぞ」

「え？」

じっと警戒するような眼差しで空を見上げるアユウカスが指し示した方向には、黒く揺らめく翼を広げた何かが浮いていた。

第四章　勇者と戦女神

ポルヴァーティア神聖空軍基地施設の離発着場にて、帰還した汎用戦闘機の整備運搬が行われる中、甲冑を纏った小柄な少女と空軍将校の揉めている姿があった。二人の間に挟まれる形になった高速揚陸艇の操縦士が困った顔をしている。

「お願いしますっ、行かせてください！」

「だから無茶を言わんでくれ！　汎用戦闘機一機に地軍から借りた機動甲冑の全機が戻らなかったんだぞっ」

捕虜になったカナン隊長達を助けに行かせて欲しいと懇願する『勇者』アルシアに、今回の威力偵察総指揮を担当する空軍将校は、そんな相手に単独での無謀な出撃は許可出来ないと首を振る。

そこへ——

「彼女を行かせてやりなさい、私が許可しよう」

「だ、大神官……っ、しかし——」

軍務総監と特聖官を従えて現れた大神官が、そう言ってアルシアの出撃を許可した。空軍将校は戸惑った視線をアルシアに向けるが、大神官は確信と落ち着きに満ちた表情でアルシアを鼓舞《こぶ》する。

「大丈夫、彼女は大地神ポルヴァに選ばれし者なのだから。出来るかね？　勇者アルシアよ」

「大神官……はい！」

自分の気持ちを汲《く》み、期待を寄せてくれる大神官の問い掛けに、アルシアはしっかり頷いて答える。

勇者としての自覚はあれど、身寄りもない異郷の地でアルシアが心細い日々を送る中、カナン達はいつも親身になって相談に乗ってくれた。

彼等をなんとしても助けたいと、アルシアにも気合が入る。

アルシアを乗せた高速揚陸艇が離陸して行く様子を眩しそうに見上げながら、祝福の印を結ぶ大神官は、隣に立つ特聖官に相手勇者の情報をもっと集めるように指示を出す。アルシアはその為の餌《えさ》にするつもりだった。

「もし我々の手に余るようなら、秘密裏に始末せねばならん」

「かしこまりました」

たとえ『勇者』が蛮族との戦いで倒れるような事態に至っても、それは『試練』として信徒達を纏め、鼓舞する材料に使える。

ポルヴァーティアの民を統治していく上で、神の使命を遂行する執聖機関に『敗北』や『不可能』があってはならないのだ。

◇◇◇

黒い霧が集まってできたような翼は、先端の辺りが陽炎《かげろう》のように揺らめき、仄《ほの》かに紫掛かった光を纏っている。漆黒の翼を広げて地上に降りて来たその存在は、赤いコートを着た少女のように見えた。

カルツィオには約一名を除いて他にいない筈の、黒い髪に黒い瞳を持つ少女。顔の造詣《ぞうけい》などから、人種的に悠介との関連を想像し、闇神隊や衛士隊、白刃騎兵団の皆が皆、悠介に視線を向ける。

「隊長、お知り合いですか」

「んな訳ないだろう」

囁くような声で確認するエイシャに、悠介は知らない人だと否定する。すると、イフョカが隣の悠介を見上げるようにしながら髪の色を指摘する。

「でも、隊長と同じ黒……」

「いやまあ確かに、見た目は同郷の人っぽいんだけど――」

少なくとも、悠介が知る日本人に『黒い翼を広げて空から降りてくる』ような少女は存在しない、筈だ。

地上に降り立った少女から翼が消えて、ふわりと黒髪が靡く。

闇神隊のメンバーは悠介の判断を窺っているし、ヒヴォディルもしゃしゃり出る気は無いらしく沈黙中。彼の部下である衛士隊もそれに倣って迂闊《うかつ》な行動は取らず待機している。レイフョルドはいつも通り十歩くらい引いた所からの観察モードに入っているようだ。

シンハはまだ砂塔砲台の上にいて、白刃騎兵団とアユウカスは悠介がどう出るのか見守っている。

「俺がファーストコンタクト取るのかよ……」

皆の視線に押されるように悠介は前に出ると、件《くだん》の少女と向き合った。すると、向こうから声を掛けてきた。

「えーと初めまして、あたし都築朔耶《つづきさくや》といいます」

「あ、これはご丁寧にどうも、自分は田神悠介といいます」

互いに頭を下げ合い、そして驚く。

「どうして日本人がっ！」

「なんで日本人がっ！」

思わず声を揃えて同じように驚く二人。そうしてふと、悠介の顔をじっと見上げた『都築朔耶』は、何かに気が付いたような表情を浮かべながら言った。

「あれ？　さっきの人」

「はい？」

出し抜けにそんな事を言われて戸惑った悠介は、思わず間の抜けた声で問い返す。しかし、次に紡がれた言葉に更に困惑する。

「神社でゲームしてた人」

「えっ？」

もう一年ほど前になる懐かしい記憶。悠介はカルツィオの『声』に喚ばれる直前の事を思い出していた。

（確かに、あの時、俺は神社の境内《けいだい》でゲームをしていた）

『来タレ邪神ヨ――』という声を聞いた直後、浮遊感に襲われ、少し高くなった視点から、足早に去っていく自分自身の後ろ姿を見送ったところまでしか覚えていない。次に目覚めたのは、邪神の祠の中である。

ちなみに、その時プレイしていたのは『創造世界《クリエイティブ・ワールド》』というタイトルのゲームである。オーソドックスなＲＰＧながら、『アイテム・カスタマイズ・クリエートシステム』という独自のやり込み要素が多くのプレイヤーを引き付けていた、ある意味での人気タイトルだ。

というのも、せっかくの目玉システムもバランス調整が悪く、全てのプレイヤーに『クソゲー』と認定されており、ゲームのプログラムに直接改変を仕掛ける不正改造《チート》ツールの使用が前提という、マニアックな名の売れ方をしていたのだった。

悠介に宿る邪神としての力である『カスタマイズ・クリエート』は、このゲームのシステム（しかもチート仕様）が元になっている。

邪神の力について以前、悠介がアユウカスから聞いたところによると、カルツィオに召喚される際、本人が望んだ力を与えられるという事だった。悠介は自分がその時たまたまゲームの事を考えていたのでこの力が宿ったのだと納得している。だが――

「さっきの……とは？」

彼女の言葉は、ついさっき見かけたというようなニュアンスだ。

(もしかして、向こうはあの瞬間から時間が経ってないとか？)

しかし、あの時は周囲に誰も居なかった筈だと、悠介はハテナ顔で小首を傾げる。そんな悠介の反応に、『都築朔耶』の方も『あれ？』という雰囲気で考え込むような仕草を見せた。

悠介が頭を掻いて戸惑っていると『ユウスケさん、ユウスケさん』とひそひそ声でスンが話し掛けてくる。

「ユウスケさんの世界の人って、空飛べるんですか？」

「いや、普通は飛ばない」

困惑している悠介に、ヴォーマルが的確な質問を投げ掛けて把握しておくべき情報の整理を助ける。

「隊長の住んでた世界の人間って事は、間違いないんでやすね？」

「ああ、お互いに日本人って言ってたし……名前も日本人の名前だよ。だけど――」

『俺の知ってる日本人と違うっ』と、ちょっと焦り気味な悠介。

しかしそれを言うならば、『カスタマイズ・クリエート能力』のような力を持つ人間だって普通は存在しないだろう――と、ツッコミを入れてくれるような相手もいないので、そこは自分で突っ込んでおいた。

内心で一人ボケツッコミをやっていた悠介がはたと顔をあげると、自分を観察するように見つめている『都築朔耶』と目が合った。

「くすっ」

「ははは……」

ニコリと微笑《ほほえ》まれた悠介は、照れながら微笑み返す。

フォンケが『まさかの全色コンプリートか』などと驚愕を露《あらわ》にし、スンとイフョカが緊張しているが、割といつもの事なので、悠介は彼等のドタバタはスルーしておいた。

『都築朔耶』が何者かは分からない。だが言葉はちゃんと通じるし会話も出来るのだ。問答無用で謎の攻撃を仕掛けられる事もないのだから、とりあえずゆっくり話をして、彼女が何者なのか、どんな目的があって自分達に接触して来たのかを問えばよい。

もしかしたらポルヴァーティア大陸と何か関係があるのかもしれないし、元居た地球世界の事も聞けるかもしれない。

そんな事を思いつつ、悠介は改めて都築朔耶に話し掛けようとした。その時――

「せっかく興味深いお客様と邂逅したところだけど、最初のお客さんが戻って来たようだよ」

レイフョルドが敵襲の警告を発して地平線を指し示した。垂直に繋がるポルヴァーティア大陸の海を背に、汎用戦闘機よりも細長い機体が、かなりの速度で低空飛行をしながら真っ直ぐこちらに向かって飛んで来ている。

シンハによって砂塔砲台から光の矢が放たれるが、細長の戦闘機は僅かに軌道を変えるだけでそれらを回避した。

「迎撃準備！　とりあえず都築さん、危ないですから下がっててください」

空を飛んで来たのはともかく、懐かしい世界を思い起こさせるデザインの衣服を纏った、見るからに一般人であろう朔耶を気遣いながら、悠介は迎撃準備を始める。

そしてカスタマイズメニューを出すと、味方と彼女の為、後方に避難所の防空壕を作り上げた。


高速揚陸艇は汎用戦闘機と比べて装甲は硬めだが、武装は付いていない。その防御力と機動力を以《もっ》て、素早く確実に目的地まで兵士を運ぶ事に特化した機体である。

アルシアを乗せて神聖空軍基地を飛び立った高速揚陸艇は、斥候の偵察部隊が交戦した空域に到着すると、早々に砂の塔に埋め込まれたような姿の汎用戦闘機から砲撃を受けた。

「あれを先に潰す、砲台に向かって飛んで」

「正気ですか！」

操縦席の隣で外に身を乗り出し、生身で降下突撃の準備をするアルシアに、操縦士は思わず声を上げる。だが、アルシアは普通の人間ではない。

「私は勇者よ」

不敵な笑みを見た操縦士は、分かりましたと機体を砂塔砲台に向けた。

光撃連弓からの弾幕を躱しながら低空で近付き、砲台の正面で急上昇。そのタイミングで飛び出したアルシアは、機動甲冑の盾にも使われる素材で作られた彼女専用の大型メイスを振りかざし、砂塔砲台に突っ込んで行った。

「やあああああ！」

高速揚陸艇の航行速度に、落下速度も乗った大型メイスの一撃が、砂塔砲台に振り下ろされた。半ばから砕かれて崩壊する砂塔砲台。

「なかなか非常識な事をする！」

砲台から飛び降りたシンハは白金の大剣をひと振りすると、特攻攻撃を仕掛けて来た甲冑少女の迎撃に出た。

「私はポルヴァーティアの勇者アルシア！　神の意に従い、不浄の大地を浄伏《じょうぷく》しに参上した！」

「ガゼッタの戦士、シンハだ。ふっ、対話の呼びかけに射掛けで応じておいて、今更口上を述べるか」

シンハの指摘に、アルシアは怪訝な表情を浮かべる。だが、剣を向けて挑んでくる相手の言葉に惑わされるつもりは無いと、意味を問う事はしない。

カナン達の居場所を確認したアルシアは、大型メイスを構えて奪還に踏み出した。

特殊合金の大型メイスと、邪神のカスタマイズ付き白金の大剣がぶつかり合う。

両者の振るう剣圧で周囲の砂が巻き上がり、金属の打ち合う重い音が一帯に響き渡る。

通常の剣戟音《けんげきおん》ではなく、爆発の如き尋常ではない破裂音。

一体どれほどの『力』がそこに集中し、ぶつかり合っているのか計り知れない。白刃騎兵団の戦士達が一騎打ちを見守る中、悠介と闇神隊は今後の状況に合わせて動けるよう敵の増援に備えるヒヴォディルと連携して衛士隊を展開させている。

「なんか、シンハ押されてないか？」

「そう見えやすね、女相手だからと手心を加えるような御仁《ごじん》ではなかったと思いやすが……」

「シンハとて人の子じゃ。あの娘からはお主と同じ気配を感じる」

悠介とヴォーマルのやりとりにアユウカスが割り入って、悠介達の尻をぽんと打つ。

そういう仕草が一々年配者っぽい、齢三千五歳の少女。それはさておき、悠介は『お主と同じ』という部分に反応した。

「それってもしかして向こうの……？」

「恐らくな」

相手側の『邪神』的な存在で、向こうでは『勇者』として扱われているようだと推察するアユウカス。

と、その時、一際大きな衝突音がして砂塵が舞い上がる。

砂の幕が晴れると、衝撃波の痕を残す抉れた砂地の上で、シンハとアルシアが鍔迫り合いに入っていた。

ポルヴァーティアの勇者アルシアは、シンハよりもずっと小さく、悠介よりも背が低いかもしれないくらいだ。そんな少女が自分の身長よりも大きい金棒のようなメイスを振り回して、シンハと互角以上の戦いを繰り広げている。

捕虜になった汎用戦闘機の搭乗者達は、神技の類を使えない事以外はカルツィオ人と変わりなかった。それを考えれば、確かに普通の人間とは考え難い。

唸るメイスに剣を合わせて受け流すシンハ。まともに受けては剣はともかく腕が持ちそうにない。この少女が纏う甲冑にも先ほど戦った機動甲冑のような仕掛けがあるのかもしれないが、それにしても異常な力だった。

(剣の補助効果が無ければ、ここまで持ったかどうか)

片手剣を振るうような速度で打ち下ろされる大型メイスを、剣で払いつつ斜め前方に踏み出す事で辛うじて躱すと、二度目の鍔迫り合いに持ち込むシンハ。

得物を使っての打ち合いでは、扱う武器の重量からして分が悪い。せめてもう少し重そうに振るってくれればまだ対処のしようがあるのだが、と愚痴りながらもジリジリと押していく。止めてしまえば、大型メイスの重量は相手側の負担になる筈だ。

シンハは体格で大きく勝っているからこその力押しでアルシアを抑え込みに掛かった。

「ベッドの上でなくて悪いが、少し休むといい」

「ふ、ふざけるなぁーー！」

緊迫した場面で相手の虚を突こうとしたシンハの言葉は、乙女心の何かを刺激してしまったようだ。アルシアの身体が薄《うっす》ら光を纏うと、鍔迫り合いで押されている体勢から強引にメイスが振るわれる。

ギャリギャリと火花を散らしながら大型メイスと白金の大剣が擦れ合い、アルシアはほとんど腕の力だけで武器を使って、シンハの身体を投げ飛ばすように引っぺがした。

これには流石のシンハも驚き、着地した瞬間を狙って薙ぎ払って来るメイスを大剣で受け止めようとしたが、まるで全力突撃の騎兵にぶつかられたが如き勢いで撥ね飛ばされた。

白金の大剣が宙を舞い、肩から砂地に突っ込んだシンハの身体が二、三度跳ねる。

「シンハが力負けした!?」

悠介は驚きながらもカスタマイズメニューを開くと、シンハを安全な場所に移動させようとシフトムーブの使用態勢に入った。

がしかし、今の一撃でシンハの身体は資材化地帯の外に出てしまっていた。大型メイスを振りかざしたアルシアが追い討ちを掛けるべく大きく跳躍する。

「とどめっ！」

相当なダメージを受けたらしく、のろのろと起き上がろうとするシンハにメイスが振り下ろされようとしたその時、近くに突き刺さっていた白金の大剣を拾って小さな影が割り込む。

次の瞬間、凄まじい衝撃音と共に砂柱が上がった。

立ち込める砂煙が風に流されて浮かび上がった光景は、大型メイスを振り下ろした体勢のアルシアと、白金の大剣でそれを受け止めている紫掛かった白髪の小柄な姿。

トドメの一撃を受け止め、シンハを救ったのは、ガゼッタの里巫女アユウカスだった。

彼女は、この世界の大地を見守る存在《精霊》に与えられた力であれば、それを宿す者の近くにいる事で同じ能力を行使出来るという共鳴能力を持つ。

ポルヴァーティアの『勇者の力』とも共鳴したアユウカスは、その力を以てガゼッタの王に助力したのだ。

小さい見た目からは想像もつかないような怪力で押し返されて、アルシアが戸惑う。

「喚ばれたおり、純粋に力を求めたか」

「っ！」

召喚者である事を見抜かれ、アルシアは眼を見開いて驚きを露にした。しかし、すぐに警戒を滲ませた表情でメイスを構え直すと、白金の大剣を無為に構えるアユウカスと対峙する。

「お前が、混沌の使者か」

「ん？　なんじゃそれは。ワシは里巫女じゃ」

世界を崩壊から救う使者として大地神ポルヴァに喚ばれるのが『勇者』。その勇者に対抗すべく、不浄の大陸にも世界を崩壊に導く特別な力を持った『混沌の使者』が存在する場合がある。執聖機関での訓練と教育でアルシアはそう教わっていた。

「ポルヴァーティアの勇者として、この世を崩壊に導く混沌の使者はこの手で討ち払う！」

「せっかく纏まっておったカルツィオに混沌をもたらしとるのは、お主らの方なんじゃがのう」

「問答無用！　私に幻惑は通用しないっ」

アルシアが仕掛ける。合わせるアユウカス。『敵を討ち滅ぼす強大な力』というのは、共鳴して扱う力としては割りとありふれた能力だ。アルシアと同等の力を得たアユウカスは剣捌きも巧みで、剣に施されたカスタマイズの補助効果も相まってアルシアを圧倒した。

打ち合う度に爆発の如く立ち上がる砂柱。シンハとアルシアが戦った時の比ではない強烈な剣戟の応酬。思わぬ味方の存在にぽかんとしていた悠介は我に返ると、怪我をしたシンハのところへ駆けつけようとした。

とりあえず資材化地帯まで引っ張り込めば、シフトムーブで安全な場所まで移動させられるのだ。しかし――

「近付くなユースケ！　今おぬしの能力と共鳴すると、こちらの共鳴が半減する」

「うおっ、マジっすか！」

慌てて回れ右した悠介は、距離を取りながらカスタマイズメニューを素早く操作して実行。資材化地帯からシンハの居るところまで、固めた砂の板を延ばした。

「シンハっ、それに乗れ！」

よろよろと倒れ込むように砂板の上へと移動したシンハを確認すると、カスタマイズ画面で砂板の端部分を自分のすぐ傍の砂地と入れ換えて実行した。

「必殺シフトムーブ」

『ザ・レスキュー』などと言葉を繋げながら、シンハを安全圏に転移する。何が『必殺』なのかは深く考えてはいけない。強いて解釈するなれば、『危険』そのものを『必ず殺す（回避する）』といったところか。

「エイシャ、シンハの治癒を頼む」

「はいっ」

シンハの治癒を部下達に任せて、アユウカスとアルシアの戦いを注視する悠介は、カスタマイズ画面に落とし穴やら防壁やらを配置しながら援護態勢に入っていた。

効果があるか分からないが一応、撹乱用ギミックオブジェ『うねうね土塊』なども用意しておく。長さ五十センチ、直径二十センチほどの土塊が、足元でうねうねと動き回る、ただそれだけのモノだが。


大型メイスと白金の大剣による暴風雨のような激しい打ち合い。近付く事さえ躊躇われる攻防の中、アユウカスは身体が小さいというハンデを、アルシアとの共鳴で得た『勇者の力』に加えて白金の大剣に施されている補助効果で補う。

むしろ速度と手数、それに経験というアドバンテージを以てアルシアを押していた。

「そろそろ疲れて来たじゃろう、ちょっとひと息ついて話でもせんか？」

「私はっ、負けない！」

先ほどのシンハとの攻防でも見せた光を再び纏うアルシア。逆境に曝《さら》された時に発揮される真の力といったところなのか、一時的に速度やパワーが底上げされる勇者のオーラだ。

アユウカスの技巧に押されていたアルシアは、文字通り力押しで互角の状態まで押し戻すが――

「ふむ、こうやるのか」

「なっ！」

アルシアが力を使うところをしっかり観察していたアユウカスは、同じように光を纏い、速度やパワーを増して再び圧倒し始めた。

だが、超重量級の大型メイスとの打ち合いは刀身に掛かる負荷も凄まじく、幾らカスタマイズによって強度を上げられている上に使い減りしない仕様になっているとはいえ、限界はある。

その強度限界を超えない限り決して磨り減らない白金の大剣は、光のオーラを纏ったアルシアの猛攻による渾身の一撃に耐え切れず、ついに半ばからへし折れてしまった。

「むっ、剣が――」

「やあああああ！」

武器を打ち付け合う圧力を失って身体が泳いだアユウカスに、大型メイスの一撃が叩き込まれた。直接メイスを受けた衝撃で左腕と肩が砕けたアユウカスが、悠介の頭上を掠めて後方の防空壕付近まで吹き飛ばされる。

「アユウカスさん！」

頭上を掠めて吹っ飛んでいったアユウカスの小さな身体は、後方に纏めておいた機動甲冑の一体に激突。パーンという破裂音のような衝突音と共に、機動甲冑の胸部が真っ赤に染まる。激突の衝撃で機動甲冑も転倒した。

衛士隊の治癒係が駆けつけるところを確認するのもそこそこに、アルシアの方に振り返った悠介は、突撃を仕掛けてくる彼女の足止めに掛かった。

資材化地帯に入ったアルシアを防壁で囲んだり、落とし穴に閉じ込めたりと封じ込めを試みるが、砂防壁は簡単に粉砕され、落とし穴からは軽々とジャンプして抜け出される。

以前戦闘用に組み上げた巨人の砂バージョンも出してみたが、一撃で粉砕された。

闇神隊メンバーや衛士隊も攻撃系神技の使い手の援護射撃を行うが、火炎弾や水球は叩き落され、当たっても大して効いた様子が無く、氷塊や土塊は放った以上の威力で打ち返される。

「隊長、こりゃ全く効果ありやせんぜ」

「捕虜でも人質に使いますか？」

ヴォーマルが状況を報告し、シャイードが冗談とも本気ともつかない対処法を挙げる。

「いやあ、それやると、ますますこっちの話に耳を貸さなくなりそうな気がする」

「元々聞きゃーしない感じですけどね」

そうこう言っている内にもアルシアは距離を詰めてくる。全力のシンハや、共鳴状態で同等の力を持ったアユウカスでも止められなかった相手だ。白刃騎兵団の戦士達では、総掛かりでも手に負えないだろう。

神技攻撃もほとんど効果がない以上、懐に飛び込まれれば彼女一人に全滅させられ兼ねない。

「俺がなんとか足止めするから、皆は捕虜連れて撤退する準備してくれ」

「了解」

いくつ目かの多重防壁をぶち破って突っ込んでくるアルシアに対し、ザッと腕を翳して立ち塞がる悠介。漆黒のマントが翻り、『判別不明』の神技の波動が一帯を包み込む。

妙に馴染みのある不思議な気配を感じ取り、突撃の速度を若干緩めたアルシアは、大型メイスを正面に翳して警戒する。次の瞬間、アルシアの前方に立ち塞がっていた黒尽くめの指揮官らしき男は、大きく後方へ距離を取っていた。まるで相手が瞬間移動したかのように見えたアルシアだったが、ふと周囲の違和感に気付く。

「？　……これは」

よく見ると黒尽くめの男だけでなく、その後方にいた敵部隊や囚われの機動甲冑、砂の防壁まで一緒に遠のいていた。

「いや、違う――」

彼等はその場から動いてはいない。自分自身が後方に移動していたのだ。

何が起きたのかよく分からないまま、アルシアは再び突撃を敢行する。先ほどの気配が広がった瞬間、幻術の類か、方向を見失わせるような何らかの力が働いたと考える。

「どんな小細工か分からないけど、罠なら諸共討ち破るまで！」

光を纏い、人外の加速を得たアルシアは力強く砂を蹴り出し突き進む。再び手を翳す黒尽くめの男。アルシアはどんな術も見逃さないと、その動きに注視した。

「必殺っ、ふりだしに戻れ！」

「んなっ」

男の妙な掛け声と共に再び先ほどと同じ位置へ戻されたアルシアは、仕掛けを理解すると同時に驚きと戸惑いの声を上げた。


悠介は足止め策としてシフトムーブでアルシアを一定のラインから近付けないよう、無限ループアタックを仕掛けていた。

何度突撃されても、『ふりだしに戻れ！』で元の位置に戻してしまう。時々方向にも細工するので、ひたすら前へ前への全力突撃をやっていると明後日の方向に走らされていたりするのだ。

幾ら『どんな敵をも退けられる戦闘力』を持っていようと、広くて見通しも良い砂浜で意図的に迷子にさせるような攻撃には流石に対処のしようがない。手も足も出ないとはこの事だ。

同じところをぐるぐると走り回らされて少し息を切らしたアルシアがついにキレた。

「ふ、ふざけるな！　真面目に戦え！」

「いやだ！　つーかこっちゃ大真面目だっつーのっ」

胸を張ってお断りする悠介。そうしてまたアルシアを元の位置へ戻す。まともに戦っても勝ち目は見えない。搦《から》め手《て》で時間稼ぎをするのが精一杯かつ、最も効果的であった。

わなわなと大型メイスの柄を握り締めたアルシアは、一連の流れを思い起こしてこの不可思議な結界を破るヒントを探る。何度もふりだしに戻される内、アルシアは、彼が常に自分を注視している事に気付いた。もしかしたら、移動させる対象を『視認』しておかなくてはならない術なのかもしれない。

「それなら――」

大型メイスを振り上げたアルシアは、地面を叩いて大穴を開けつつ砂塵を吹き上がらせた。僅かな間ながら煙幕を作る事で姿を隠し、瞬間移動攻撃を遅らせれば、術者の本体を仕留めるチャンスもできる筈だと考えたのだ。

アルシアの推測は半分まで当たっていた。

シフトムーブで相手を移動させるには、常に相手の位置を把握しておく必要がある。

ただし、今の悠介は直接目視せずとも、カスタマイズ画面にリアルタイムで表示される資材化された砂地の表面を監視する事で、相手の動きを把握出来た。誰かが歩くとそこに足跡が表示されるので、正確な位置特定も難しくない。

が、何事にも穴はある。

「げ、やばいっ」

砂塵の煙幕で視界を遮り、砂地に大穴を開けたアルシアはその場からすぐに跳躍したらしく、足跡を発見出来ない。カスタマイズ画面からも見失ってしまった。次々と穴が増える資材化地帯の砂浜。アルシアは着地と同時に地面を叩き、砂塵の煙幕を張ってまた跳躍する。

アルシアの狙いはこれを繰り返す事で自身の正確な位置を見失わせようとするモノだったが、大穴開けと跳躍の組み合わせは視認の妨害よりも効果が高かった。

カスタマイズ画面に表示される痕跡を追う方法は、目測で対象との距離や位置を把握しようとするよりも確実だ。しかしそれは、追跡する対象の痕跡が単独の時に限る。

複数の足跡や何かの痕跡が同時に表示されれば、どれが誰やら見分けがつかない。超人的な身体能力で広範囲に砂を抉りながら跳躍移動を繰り返すアルシアの策は、偶然にもその穴を突いた。

「隊長っ、上です！」

「っ！」

イフォカの警告に悠介が見上げると、ほぼ真上から降ってくるアルシアの姿があった。

「もらった！」

アルシアが大型メイスを振り下ろす。咄嗟に防壁を出そうかシフトムーブで回避しようかと考える悠介の頬を、何かがふわりと撫でていく。陽炎のように揺らめく、微かに感触を持った黒い風。

次の瞬間、ドンッという空気の震えるような音が響き渡り、血濡れの大型メイスは悠介の頭上から十数センチの辺りで静止した。円状に広がる衝撃波が砂煙の波紋を描く。

振り下ろされたメイスを受け止めたのは、漆黒の翼を纏った朔耶だった。

「つ、都築さん……？」

絶体絶命の攻撃から護られた悠介と、一撃必殺の攻撃を防がれたアルシアが驚愕に目を見開く。

その二人だけではなく、周囲で戦いを見守っていた闇神隊や衛士隊、白刃騎兵団と回復したシンハやアユウカス、汎用戦闘機の搭乗者だった捕虜達も驚きに目を瞠《みは》っていた。

まるで時間が止まったかのように、静まり返る戦いの場。全員の視線の先には、超重量級大型メイスの強烈な一撃を片手で、それも素手で受け止めている漆黒の翼を広げた少女の姿がある。

「な……っ」

「ねえ、アルシアちゃんさあ。ここはちょっと冷静になって話し合ってみない？」

朔耶の語り掛けで我に返ったアルシアは一歩飛び退り、油断無くメイスを構えて臨戦態勢を維持すると、情報の整理に思考をフル回転させる。神聖地軍の拠点防衛戦車にも使われる特殊装甲さえ打ち砕く渾身の一撃を、片手で止められた。有り得ない事だと混乱しそうになる意識をなんとか纏めたアルシアは、努めて冷静に状況の説明と答えを模索する。

（落ち着いて、冷静に考えるのよ――混沌の使者は勇者に対抗する存在で、様々な力を使う……）

――最初の白髪の男は、恐らく混沌の使者ではない普通の戦士。この地の蛮族の中でも、強者にあたる者だろう。さっきの子供に見える混沌の使者は戦闘力に特化した者で、今の黒い男は撹乱の特殊能力に特化した混沌の使者。そしてこの少女は、防御力に特化した混沌の使者ではないだろうか。きっとそうに違いない――

三年に及ぶ訓練と信仰教育で培った勇者の在り方。不浄大陸に関する知識から結論を導き出したアルシアは、落ち着きを取り戻す。

「お前も『混沌の使者』なら、容赦はしない！」

「え？　なにそれ？」

「問答無用！」

朔耶に攻撃を仕掛けるべく突撃を敢行したアルシアは、ザンッと砂を蹴って大型メイスを大きく振り被る。

「いや、問答しようよ」

状況の緊迫感をまるっと無視した雰囲気で言いながら身構える朔耶。そして――

「実行～」

シフトムーブが発動。悠介がアルシアを振り出し地点に強制移動させる。

「こらーーーっ！」

「あはは……」

随分と離れた場所で素振りをさせられたアルシアが『ふざけんな』と怒る。後方でフォンケの吹き出す声も聞こえるが、とりあえずそれらをスルーした悠介は、苦笑している朔耶に話し掛けた。

「えーと、さっきはありがとう。一応聞いておきますけど、大丈夫なんですか？」

「うん、大丈夫。ここはあたしに任せてみて？」

悠介としては、アルシアに対抗する有効な手立てが無い事は無いが、あれだけの反則じみた力を振るう相手だ。現状ではそれこそ、瀕死にさせて止めるようなやり方くらいしか打つ手が思いつかない。

明確に殺し合いレベルで敵対している相手になんら躊躇する必要は無い筈なのだが、そこは平和主義者な悠介。なるべく相手も自分も傷つかずに治められるならその方が良いと、ここは自信有りげな朔耶を信じてみる事にした。

「きぃーーさぁーーまぁーーー！」

怒涛の勢いで突っ込んでくる怒り心頭のアルシアを尻目に、悠介は朔耶に後を任せると、闇神隊メンバーや衛士隊、白刃騎兵団のいる後方へと下がった。


「いやー、びっくりした」

空を飛んで来た事を除けば、どこから見ても一般人だと思っていた『都築朔耶』について、悠介は『人は見掛けによらない』とはよく言ったもんだなと、自分の事を棚に上げながら呟いた。

さりげなく隊長の傍に控えるヴォーマルが、朔耶について現状で判明している情報を伝える。

「エイシャの話じゃあ、相当な治癒の使い手でもあるらしいですぜ」

「へえ？　そうなのかエイシャ」

「はい、ガゼッタ王の治癒を手伝って頂いたんですが、物凄い治癒力でした」

「アユウカス様の大怪我も傷一つ無い状態まで治してましたよ？」

悠介に訊ねられたエイシャが答えると、その時の現場を一緒に目撃したらしいスンも証言する。

恐らくは悠介特製の神器の効果を得たゼシャールドの治癒力をも凌駕するのではないか、と。

エイシャやスンにそこまで言わしめるのかと、治癒を受けたシンハとアユウカスに視線を向けてみれば、二人とも過言ではないと頷く。

「そういやアユウカスさん、大怪我したって？」

「さっき弾き飛ばされた時にの、硬いモノにぶつかってちょっとぐちゃけたのじゃ」

不死の身ゆえ、放って置いても自己回復で元通りにはなったのだが、朔耶の放つ治癒の光は瞬く間に傷を癒したのだと言う。悠介はシンハから直してくれと渡された白金の大剣をカスタマイズ能力で修理しながら、対峙する朔耶とアルシアに注目した。


ブオォブオォと風を唸らせ、およそ超重量武器とは思えない振り回し方をしているアルシアの大型メイス攻撃は、悉《ことごと》く片手で止められる。よく見ると直接素手で受け止めているのではなく、翳した手の表面の少し先辺りで見えない壁にぶつかっているようだ。

「ねえ、なんでアルシアちゃんはカルツィオの人達を攻撃する訳？」

「それが私の使命だからだ！」

先ほどから幾ら攻撃を仕掛けても全く効果を得られない上、絶えず『話し合おうよー』と篭絡の言葉を掛けて来る黒い翼を持つ少女に、アルシアは焦りと苛立ちを募らせていた。攻撃が雑になっているのか、メイスが変則的な軌道を描き始める。

「でやあああ！」

左下から右上に向かって掬《すく》い上げるような振り上げ攻撃、と見せ掛けて朔耶の正面を素通りした大型メイスは、翻って垂直に振り下ろされた。地面を叩いて大穴を開けつつ、砂柱を上げて砂塵の煙幕を発生させる。朔耶の視界を遮って背後に回り込もうとしたアルシアだったが、突如発生した突風があっという間に砂煙を吹き飛ばしてしまう。それでも、一瞬の内に後ろを取ったアルシアは、朔耶の無防備な背中を目掛けて大型メイスを振るった。しかし——

「っ！　そんな——」

一撃必殺の威力を持ったメイスは朔耶の身体に届く事なく、その十数センチ手前で見えない壁に阻まれて止まった。くるりと振り返る朔耶に、アルシアは思わず後退る。

困ったような苦笑を見せる朔耶。

現在は共闘関係にある悠介達から見れば、その笑みは落ち着きと気遣いの篭もった優しい笑みだったのだが、直接戦っているアルシアには違った印象を与えたようだ。

「やああああ！」

激高するような咆哮と共に強い光のオーラを纏い、大型メイスの乱れ打ちという常人には絶対に真似の出来ない攻撃を繰り出すアルシア。攻撃が弾かれる度に響いていた『ドンッドンッドンッ』という空気の震える音が、『ドドドド』という有り得ないほどテンポの早い衝撃音に変わる。

超重量級の武器を素早く振るい続けるという単純な動作の技ながら、振り上げ、振り下ろしの切り返しにはその重量と慣性による強い負荷が掛かる。恐らく機動甲冑でも関節や駆動部分が反動に

耐えられず、ここまで激しい連続攻撃は再現出来ないだろう。

大型メイスの攻撃範囲内はまさに致死領域。粉砕機の如く、迂闊に近付けば人間の身体などあっという間にミンチにしてしまう。

しかし、その標的とされている漆黒の翼を持つ少女は、そんな猛攻に髪の毛一本揺らされる事無く一歩、前へと踏み込んだ。

ドンッという衝撃音を残して乱打が止まる。朔耶に踏み込まれた事で連続攻撃の繋ぎが途切れたのだ。更に、不思議な事が起きた。

「なっ――――！」

一体何をどうやったのか、朔耶がスッと大型メイスを撫でるような動作を見せると、ピシッという音がして大型メイスの表面に無数の亀裂が走り、やがてボロボロと砕けてしまった。アルシアの握っていた柄の部分まで含めて完全に。


戦いの様子を観察していたシンハが思わず呟く。

「武器が砕けたぞ」

「ふーむ。あの娘、何から何までよく分からんのう」

強力な治癒の使い手かと思えば、どんな攻撃も通さない強固な護りの力を見せ、かと思えば丈夫さでは類を見ないであろう鉄の塊のような鈍器をひと撫でで破壊する。オマケに空まで飛ぶ。

三千年の時を生きて来たアユウカスも、あんな存在は見た事がないと唸る。

「隊長と波動が似てやすが……似た力を持つ者なんですかね？」

「どうだろうなぁ」

ヴォーマルの問いに、悠介も首を捻るしかない。武器破壊自体はやろうと思えば悠介にも可能だが、アルシアの振り回すメイスに触れる事がまず難しい。


得物が砕け散って空になった自分の両手を呆然と見下ろしていたアルシアは、ハッと我に返ったように朔耶を見上げると、明らかに恐怖と分かる表情を浮かべた。

「う、うわあああああ」

そして、なんとそのまま殴り掛かった。岩でも砕けそうなほど強力なパンチを放ったアルシアだが、それ以上の威力を誇る大型メイスの猛攻にもビクともしなかった見えない壁を破れる筈もない。

やがて時間切れなのか、その身を包んでいた光が失われる。

「わあああああっ！」

朔耶が何事か語り掛けるが、アルシアはひたすら見えない壁を叩き続けていた。

「んー、しょうがない。い　な　ず　ま――――」

ほぼ錯乱状態に陥っているアルシアに対して半身に構えた朔耶の右手が、青白く発光を始める。そしてそのままアルシアに向かって踏み込んだ朔耶は、光の軌跡を引きながら右腕を振るった。

「────目覚ましびんたーーっ」

スパーンと小気味良い音が響き、アルシアが尻餅をついた。辺りに静寂が訪れ、吹き抜けていく風が小さな砂煙を運び去る。自分の左頬に手をあてて、ぽかんと朔耶を見上げていたアルシアは、もぞもぞと起き上がると握った拳を構えて臨戦態勢を取った。

が、その姿はどこか虚《うつ》ろで全く覇気を感じられない。


どうやら決着がつきそうだと、悠介達も朔耶とアルシアの様子を固唾《かたず》を呑んで見守っていた。と、その時、後方から何者かの声が上がった。

「もういいアルシア！　無茶せず戻れ！」

「俺達は大丈夫だ！　不当な扱いは受けていない！」

捕虜となっている汎用戦闘機の搭乗者が、衛士隊の列から身を乗り出して叫んでいる。アルシアはそちらに反応を見せた。

悠介が『知り合いなのかー』と捕虜の搭乗員達に視線を向けると、衛士隊の一人が彼等を黙らせようと槍を振り上げていたので、咄嗟にカスタマイズ操作を実行。

その衛士をプチ格子状防壁で囲んで止めた。少しイラッとしながら悠介が注意する。

「あのさ、本人が不当な扱い受けてないからって説得してる矢先にどついてどうするよ？」

確かに避難所防空壕から出て来たのは捕虜の勝手な行動ではあるものの、絶対に喋るな、動くなどと言っておいた訳でもなし――

「臨機応変にいこうぜ」

「は、も、申し訳ありませんっ」

平謝りする衛士隊員の様子を見た朔耶は、『いいねぇ』と悠介の判断に感心していた。


今の一連のやり取りで表情に少し生気の戻ったアルシアは、後方に大きく跳躍して距離を取ると、上空で旋回していた高速揚陸艇に回収合図を送った。ようやく撤退の決断を下したのだ。

低空飛行で侵入して来た高速揚陸艇に飛び乗ったアルシアは、もう一度カナン達を振り返ると、最後に悠介や朔耶に視線を向けてから、ポルヴァーティア大陸へと撤退して行ったのだった。

第五章　迎撃準備と反則技

　ポルヴァーティア大聖堂、聖務総監の司令室。遠見鏡にてアルシアの戦いを観察していた聖務総監と特聖官、それに大神官は、カルツィオ側の勇者の姿に困惑していた。

「なんだあれは……」

「向こうの勇者は三人もいるのか？」

「いや、それよりも最後の黒い翼を持つ者、あれは一体どういう力なのだ」

　個人的な戦闘力を持つタイプの勇者と見えるが、何を望めばあんな力を得られるのか。最初は一定範囲内の物質に干渉する力を持つタイプかと思われた黒マントの勇者も、敵味方問わず対象を転移させるなど、よく分からない。

　大地の神から与えられる力は原則一人一つだけの筈。それなのに、あの二人の勇者は明らかに複数種類の力を宿しているように見える。いずれにせよ、判断はアルシアの帰還を待って詳しい話を聞いてからだ。

「進軍の仕方について見直さなければならんな」

「信徒達への広報はどうしますか？」

「まだ詳しい内容は伏せておけ。『勇者アルシアが三人もの混沌の使者と戦って生還した』とでも流せば良い」

暫くは様子見になるな、と指示を出した大神官は、空軍基地施設へと下りて行った。


アルシアが撤退して行った後、翼を納めた朔耶は、悠介達に向き直ると改めて挨拶した。

「えーと、改めまして、都築朔耶です。よろしくね」

「あ、こちらこそ、田神悠介をよろしく」

どこぞの選挙候補者のような自己紹介を返す悠介に楽しそうな表情を浮かべると、朔耶は今日ここにやって来た目的、悠介達に接触した理由を掻い摘んで説明した。

「詳細は長いから省くけど――」

彼女はとある事情から精霊と重なり、地球のある元世界と異世界とを自由に行き来出来る力を得たという。そして今、地球世界と異世界は、悠介達がいるこの狭間世界での出来事に影響を受けているのだとか。

二つの大地が融合する事によって発生する、大きな力の変動。その余波は異世界の魔力の流れを乱れさせ、地球世界では超常現象や異常気象を引き起こしているらしい。

今後の影響を踏まえてこの狭間世界で何が起きているのかを確かめに来たところ、双方の戦闘に出くわした。

色々と荒唐《こうとう》無稽《むけい》な内容ではあるものの、この世界では悠介自身がその筆頭と言える立場でもあるので、朔耶の説明をすんなり理解し、受け入れる事が出来た。

悠介も自身の出自や今この世界《こ こ》に居る理由など事情を話して、お互いの情報を交換していく。その中で、先ほど朔耶と最初に接触した時の台詞『さっきの人』の謎も解けた。

悠介は召喚される直前に、自分自身の姿を見ているが、地球世界の悠介は今もそのまま地球世界に存在しているらしい。ここにいる悠介は、カルツィオの神の力によって、地球世界の悠介を元に複製された身体なのだという。人間と変わらない造りながら、その存在は半精霊体と言っていいようだ。

「なるほど、そんな事になってたんですか……」

ちなみに、闇神隊メンバーをはじめシンハやアユウカス、ちゃっかり輪に入っているヒヴォディルも含めて、二人の会話の内容には半分もついて行けなかった。

「いや、しかし、そっかぁ～……あれから一年近く経つのに、未だにあそこでゲームしてたか俺」

今なにやってるんだろう？　と、元世界の自分や家族の事を想う悠介。この世界で目覚めた当初から、心の奥底で感じていた『納得感』の正体が分かった気がした。

それはそれで、もう元の世界に帰る理由も場所も無くなったのかと思うと、少々寂しい。悠介のそんな心情を察したのか、朔耶がおもむろに提案した。

「悠介君の家族の事とか、向こうの悠介君の事とかそれとなく調べて、今度こっちに来る時にでも教えようか？」

「え、いいの？　てか、そんなに簡単に世界を渡れるんだ？」

「うん、もう二年近くあっちとこっちを行き来する生活してるからね」

そうなるまでの間に過ごした異世界での生活は、周りに良い人も多く、色々と恵まれた環境だった。しかしそれでも、身寄りも無い余所の世界に一人迷い込んだ不安や孤独の寂しさは常に感じていたという。

悠介も多少だが、同じ経験があった。あれだけ強大な力を持っていても、内面の孤独や寂しさは如何ともしがたいモノなのだろう。と、そこまで考えてピンと来た。

自分や朔耶と似た境遇の人間が、もう一人居たと。更に言うなれば、自分とほぼ同じ立場の人間。

「あー、もしかしてそれであの娘《アルシア》の事を？」

よくぞ察してくれましたといった雰囲気で、こくりと頷く朔耶。

先ほどの戦闘中、朔耶はアルシアにほとんど何もせず圧倒しながら、ずっと彼女に語り掛けていて、どこか気遣っている様子が窺えた。

同じ女の子同士、アルシアの境遇に何か感じるモノがあったのかもしれない。なるほどそういう事かと、悠介は納得したのだった。

とりあえず、悠介達はこれからサンクアディエットに帰還する。こちらの世界で起きている事など、ある程度の事情を把握した朔耶も、今日はこれで元の世界に還るそうだ。

撤収するにあたって、悠介は陣地の引き払いに取り掛かる。あちこち隆起していたり、屋根付きの柱や壁が建っていたりする一帯を、元の砂地に戻す作業を進めていった。

作業と言っても、カスタマイズメニューでちょいちょいと弄るだけなので、ものの数分もあれば終わる。他の衛士隊員達は、ハッチを開いて降りて来た機動甲冑の搭乗員を、捕虜として身柄確保に動いていた。

そんな撤収作業が続く中、スススッと悠介の傍に寄ってきたイフョカがこっそり耳打ちする。

「あの、隊長……あの人、また『幻惑の風』使ってます」

「ん？」

『誰が？』とは問わず、『誰に？』と振り返ると、例の如く単独行動中のレイフォルドが、作業を観察している朔耶に声を掛けていた。そして掴みどころの無いいつもの微笑を浮かべ、朔耶に助力を求める交渉を持ち掛ける。

「いかがでしょう？　今後も是非、貴女《あなた》の力をお借り出来れば、カルツィオの民として実に心強いのですが」

「ん～、一応、忠告しておくけどー」

バシュッ、と噴出するように漆黒の翼を展開した朔耶から風が巻き起こる。一体何事かと、作業を中断した皆がそちらに注目した。

「あたしにそういうの通用しないよ？」

『幻惑の風』を吹き飛ばした朔耶がじろりと睨みを利かせる。その瞬間、レイフォルドは正体不明の危険を感じてゾクリとした。首の周りに謎の悪寒が走り、一瞬微笑の維持を忘れるほどの危機感を覚え、これは手を出してはいけない相手だと認識する。

「自重しろ、森の人」

「森の民だってば。でも、今のは謝罪するよ」

『心証悪くしてどうすんだ』と、悠介に半目で促され、レイフォルドは頭を下げる。

朔耶は然程気にしていない様子でヒラヒラと手を振り、『それじゃあまたね』と言い残して唐突に消えた。元の世界に還ったらしい。

「これで来なくなったらレイフォルドのせいな」

「あはは、参ったなぁ」

さしものレイフォルドも、好奇心からとはいえ今回の試みは拙《まず》かったと苦笑するばかり。だがその内心では、国の支配下という枠に置く事の出来ない人外の力を持つ存在が、これ以上増える事を危惧する気持ちを強めていた。

確実にこの先もずっと味方であるという確証が無い限り、得体の知れない存在はあまり歓迎出来ないのが本音だった。

「ま、とりあえず、撤収～！」

「引き揚げだ！」

闇神隊長のいつもの気の抜ける号令と、ガゼッタの王の大雑把な号令により、フォンクランクとガゼッタのカルツィオ連合軍はそれぞれの母国へと撤収して行ったのだった。


一方、ポルヴァーティア神聖空軍基地ではアルシアを乗せた高速揚陸艇が無事に帰還。大神官に迎えられたアルシアは、消沈した様子で捕虜救出の失敗を詫びた。

「申し訳ありません……」

「君は勇者の使命を立派に果たしているよ。何を詫びる事があろうか」

しょんぼり俯いているアルシアを優しく諭す大神官。君の活躍で向こうに混沌の使者が三人もいる事が判明した。何も知らず浄伏《じょうぷく》に神聖軍を出していれば、大変な被害を受けるところだったと、アルシアの働きを褒める。ようやく顔を上げる事が出来たアルシアを、疲れただろうと労い、今日はもう休むようにと促す。

「新しい武器もすぐに用意させよう、今はゆっくりお休みなさい」

「はい」

ぺこりと頭を下げて大聖堂の自室へと帰って行くアルシアを見送った大神官は、カルツィオ攻略に際して相手側の勇者にどう対処していくかを考えていた。

（なんにせよ、役には立った）

アルシアと同タイプの勇者にはアルシアを当てておけばいい。物質に干渉し、対象を転移させる男には、兵器を近付けさせず遠方からの攻撃を徹底させる。黒い翼を持つ者は攻撃力が未知数だが、防御力特化型ならそれほど脅威ではない。

（とにかく、三者を連携させないよう個別に攻略する方針で進めるか）

ポルヴァーティア側の認識は、今回の戦いで見えた表面の部分に留まり、アユウカス、悠介、朔耶それぞれの実態からはほど遠いところにあった。

しかし、それも無理からぬ事。直接戦ったアルシアでさえも、件の三人についてはその在り方を理解しきれていないのだから。

四日後に出撃を予定している第一陣の編成に見直しを検討しつつ、大神官も大聖堂へと引き揚げて行くのだった。

サンクアディエット、ヴォルアンス宮殿上層階の一室にて。

「うおーっ、わらわも会いたかったぞー！」

「また来るって言ってたぞ」

今日も元気なヴォレット姫は、カルツィオに来訪した悠介と同郷の人、『都築朔耶』の話を聞いて悔しそうに叫ぶ。ポルヴァーティア大陸との融合問題で、地下探索どころではなくなってしまったヴォレットだったが、垂直に繋がった大地や二つの太陽など珍しいモノが見られて、概ね機嫌は悪くなかった。

「しかし空を飛ぶ乗り物とは驚きじゃな～――……のう、ユースケ」

「まだダメ」

「ぶぅー」

空飛ぶ機械に乗りたいという要望を却下されて、ヴォレットは頬を膨らませる。

汎用戦闘機と機動甲冑はカスタマイズ能力で構造のコピーを取ったあと、材料の状態までバラバラにして持ち帰っている。

現在は悠介がカスタマイズメニュー内であれこれと解析を進めており、ポルヴァーティア軍の空からの攻撃に対抗する防衛兵器開発に利用していた。

「地上部隊は戦闘機についてた機銃と神技で対処するとして、街の対空防御さえどうにか出来れば暫く持つだろう」

「暫くか……それだけでは押し返せんのか？」

「いやぁ～無理だと思うぞ？　多分、斥候が持って来たのって最低限の装備だろうし」

遠距離からの迫撃砲や、高高度爆撃のような戦術で来られればどうしようもないと、悠介は肩を竦《すく》める。無限の防壁と工夫でどうにか護りは固められると思うので、余力のある内に相手と交渉を行うのが望ましい。

「交渉のう……父様もその方向で動くつもりのようじゃが、今回ばかりは一戦も交えずという訳にもいかんじゃろな」

小競り合いではなく、一度本格的にぶつかってこちらの力を相手側指導者に見せ付けてやらなくては、交渉の席に引っ張り出す事も難しいだろう――と腕組みするヴォレットに、悠介も同意する。

「ちらっと聞いたけど、向こうは一神教で纏まった信仰集団みたいだから、上が話す気にならないと難しいだろうなぁ」

「捕虜達の話か。そういえば今日はクレイヴォルも尋問に出向いておるようじゃな」

北の砂浜海岸から帰還する途中、捕虜達からポルヴァーティアについて聞いた内容で、彼等が大地神ポルヴァを信仰し、神の意志を遂行する執聖機関に統治された、国民総信徒の神聖帝国だと分かっていた。

今は捕虜の中でも比較的階級の高い人物で協力的な者に一人ずつ尋問を行い、ポルヴァーティアの目的や、なぜ攻撃してくるのかなどの情報を聞き出していた。

「ただの侵略だよ。もっとも、一等民の信徒達のほとんどは『神の使命』だって思ってるだろうけどね」

尋問されたカナンはそう言って肩を竦めていた。

不浄の大地とそこに棲む蛮族を浄伏《じょうぷく》する事が、世界を崩壊から救う神より与えられし使命である――ポルヴァーティアの民は皆、幼い頃から受ける信仰教育によって、そんな思想や価値観で統一されている。

大陸融合によって浄伏《じょうぷく》された不浄大陸の蛮族は、一部は上級市民である二等市民、三等市民として迎えられ、信仰教育を施されて信徒の一員となる。だが大多数は下級市民として奉仕という名の労働を課せられているのだそうだ。

カナン偵察部隊長とその部下達は、ポルヴァーティアの信仰教育に染まりきっていなかった事もあってか、その辺りの事情について詳しく話した。

ポルヴァーティア人と血縁を持つなどして、元は他大陸の民族ながら上級市民入りである二等市民となったカナン達だが、やはり生粋のポルヴァーティア人からは下民の分際と見下されているそうだ。そんな事情もあって、ポルヴァーティアの信仰どっぷりとは、なり難《にく》いらしい。

『他の連中はこうはいかない』と忠告までくれる。

ポルヴァーティアの人間は皆、執聖機関の信仰教育で一種の洗脳をされているような状態なので、不浄大陸の人間の話など聞きはしない。懐柔する場合も相当手間が掛かるであろう、と。

戻って来たクレイヴォルから捕虜達の証言を聞いたヴォレットは、四大神信仰が形骸化して自由な触れ合いが増えていた最近のカルツィオと比較し、一つの教義に囚われた社会の窮屈さを想う。

「信仰とは、まこと便利で厄介な、思考を束縛する鎖だな」

「縛られてる方は幸せ気分らしいからな」

悠介の冗談とも本気ともつかない相槌《あいづち》に感じ入りながら、今日もお稽古事の部屋へと連行されていくヴォレットであった。


翌日。悠介は朝からカスタマイズメニュー内で防衛兵器開発を進めていた。

汎用戦闘機の光撃連弓と機動甲冑の光撃弓を解析し、魔力を発生させる装置や、凝縮させる装置、射出する装置などを個別に強化・改造を施したモノを組み合わせていく。

その時、ふいに懐かしい甘い香りが悠介の鼻腔を擽《くすぐ》った。ラサナーシャやラーザッシアが付けている薄い香水のような香りだ。

隊服のどこかに二人の香水でも付着していたかと小首を傾げていると――

「やほー。こんにちは、悠介くん」

「……レイフォルド以上に唐突っすね」

突然現れた朔耶をカスタマイズメニュー越しに見上げた悠介は、そんな感想を述べた。

音も気配も予兆も無く、シャンプーの香りと共にいきなり部屋の中に現れた朔耶は、ひらひらっと手を振ると、荷物で膨れた手提げ袋を持ち上げて見せた。

「はいこれ、向こうの悠介君から」

「あ、ども」

荷物を受け取った悠介は、朔耶にララの絞り実ジュースなどをご馳走して労う。見覚えのある懐かしい手提げ袋の中には、家族写真と自分の筆跡で書かれた近況ノート、手紙などが入っていた。

「なんかね、最近になってこっちの悠介君の体験とかを夢で見るみたいだよ？」

「ありゃま。それも例の双星――大陸融合の影響とか？」

「そうみたい」

自分の本体という事になるのであろう、元世界の自分からの手紙にちらりと目を通すと『生殺しは勘弁してくれ』などと書いてある。すぐに、最近添い寝しているスンの事だと分かり、思わず照れるが、今は朔耶と向かい合っている手前、表情には出さない。

内心でそんな自分との戦いを繰り広げていた悠介に、朔耶は耳に入れておきたい事があると言った。

「実は、アルシアちゃんの事なんだけど――」

悠介と同じく、一つの大地を司る精霊に複製召喚された存在であろうアルシアの事情について。朔耶はアルシアの置かれている立場や、彼女がポルヴァーティアの勇者として戦う事を決意するに至った経緯などを説明し始めた。

ある日突然、見知らぬ世界の見知らぬ街外れに文字通り身一つで放り出されたアルシアは、自分を保護してくれた執聖機関に促されるがまま、彼等が神と定める大地神ポルヴァァを崇め、ひたすら勇者の役割を担っていた。

この世界に自分が存在している事について、心の奥で納得しているような気持ちがあった事も、アルシアが執聖機関の言う事を受け入れる理由の一つになった。

ポルヴァーティアの勇者として生きていく上で、他に拠りどころとなるモノを持たないアルシアは、教え込まれた教義に縋るほかなかったのだ。

ポルヴァーティアの執聖機関は、カルツィオで言うところの旧ノスセンテス神議会のような存在だ。違いは大陸全土を掌握して信仰と教義で支配しており、召喚される『勇者』も悉く管理している事。

「――って言ってたから、アルシアちゃんもやっぱり話せば分かるタイプだったみたい」

「あーなるほどなぁ……って――本人のところまで行ってきたんですか⁉」

「うん。彼女の部屋に出たから騒ぎにもならなかったし、落ち着いて話せたよ？」

「なにその出鱈目《でたらめ》な能力……」

割と簡単に世界を行き来しているとは聞いていたが、昨日の今日で相手大陸の中枢施設に潜り込んで来たという朔耶のフリーダムな神出鬼没ぶりに、言葉もない悠介であった。

がしかし、中々興味深い話を聞けたと、朝方クレイヴォルから聞いた捕虜達の証言と照らし合わせて納得する。

その捕虜達について、朔耶に『アルシアちゃんから頼まれている』と様子などを聞かれた悠介は、至って元気そうである事を伝えた。

特に、アルシアが気に掛けているらしいカナンという偵察部隊長以下、偵察部隊の面々は協力的なので、尋問も穏便に行われているようだ。融合された元他大陸の民族という立場にあり、純粋なポルヴァーティア人から蔑まれる事情を持つ彼等は、あまり信仰教育の教義にも傾倒していない。

「アルシアの例を聞いた限り、これで裏も取れたって感じかな」

「そっか～、だからアルシアちゃんもカナンさんって人達と親しくなったのかもねぇ」

なるほどね〜と朔耶も納得している。信仰で統べられたポルヴァーティアの内部も決して一枚岩ではない事が証明されたのは、悠介達にとって戦略を練る上で有益な情報になる。

と、そこまで考えたところで、悠介の頭にふと疑問が浮かんだ。

「そういえば、信仰教育に染まってない人達にしてみれば侵略の大義名分になっているけど、実際のところ、向こうの教義内容ってどこまで正しいんだろう？」

ポルヴァーティアでは召喚者は『勇者』と呼ばれ、カルツィオでは『邪神』と呼ばれる。これは教義云々で作られた呼び名ではなく、召喚した本人？　がそう呼んでいるのだ。そこを考えれば、勇者を喚ぶ側と邪神を喚ぶ側とでは、何らかの立場の違いがあるのではないか。

それがポルヴァーティアの、教義内容の根拠になっている可能性もある。自覚が無いだけで、自分達が本当にこの世界では『悪側』かもしれないと気にする悠介の危惧を、朔耶はあっさり否定した。

「呼び方には特に意味はないみたいよ」

「え？　それって、向こうの見解とかじゃなく？」

「うん、ポルヴァーティアの神様やってる精霊《ほんにん》に直接聞いたの」

精霊と重なっている朔耶は、その精霊を通じて他の精霊とも意思の疎通が出来るという。ちなみに、カルツィオを見守る『意思《精霊》』からも同じ回答を得ているそうだ。

とにかく大地に住まう人々の営みに変革を起こすものであれば何でもよく、大勢の人間に影響を与える存在をひと言で表せる言葉を使っているだけらしい。

「マジすかー……じゃあ他にも色々ありそうですね」

狭間世界のどこかに浮かんでいるであろう大地の数だけ呼び名があるなら、中には変な呼び名もありそうだと肩を竦める悠介。

「『邪神』とか『勇者』とか、割とまともでよかったじゃん」

「ですよねー、『歌姫《アイドル》』とか『大統領』とかだったら……それはそれで面白いか」

歌で民衆を導いたり、超過武装で何でも「大統領だからだ！」で済ませながら無双したりする姿を想像して一人苦笑する、ゲーマーな悠介なのであった。

「ところで、向こうにも自由に行けるんなら、都築さんが向こうの指導者を直接どうこうするってのは――」

「うわっ、なんて邪悪な事を――ってのは冗談だけど、あっちの指導者の事はまだよく分からないから、それも調べてみないとね」

迷惑な覇権主義者かと思っていたら、民想いの寂しがり屋な傀儡《かいらい》皇帝だった事があるという前例を挙げて慎重に行動する旨を告げる朔耶。そんな彼女に悠介は、『今まで一体どんな体験をして来たのだろう？』と興味を懐く。冒険譚などの話を聞くのが好きなヴォレット辺りは、会えば喜びそうだ。

「さて、それじゃあそろそろ御暇《おいとま》するね。ジュースありがとう」

「いえいえ、お疲れさんでした」

席を立った朔耶は部屋の真ん中に立つと、ひらりと手を振って現れた時と同じく唐突に消えた。

朔耶が消えるのとほぼ同じタイミングで部屋の扉が開かれ、ヴォレットが駆け込んで来る。

「ユースケは居るかー！」

「惜しい」

「？　なにがじゃ？」

部屋へ入るなり投げ掛けられた謎の呟きに、小首を傾げるヴォレットであった。


朔耶と入れ違いにやって来たヴォレットは、防衛兵器の生産工場に屋内訓練場の使用が決まった事を告げる。

ヴォレットが直々に知らせに来たのは、もう一つ重要な知らせを届けると同時に、自分もそこに交ざる為だ。実は伝令を追い抜いてきていた。

「それと、ガゼッタから使者が来ているそうじゃ」

「ガゼッタから？」

開かれた扉の前で仕事を横取りされて苦笑まじりの情けない顔を見せていた伝令が、ガゼッタの里巫女一行を名乗る使者が闇神隊長に面会を求めていると伝える。

『里巫女アユウカス』の名は、ポルヴァーティアの接近を知らせるお告げによってカルツィオ中に知れ渡っていた。もっとも、アユウカスの容姿や風貌、詳しい経歴など正確なところを知る者は少なく、里巫女に纏わる噂の数だけ想像される姿があるような状態だ。

まだアユウカスと面識の無いヴォレットは、是非とも直《じか》に会っておきたかったのだ。とりあえず、来賓用の客間がある宮殿上層階に招いたという。

「それじゃあまあ、会いに行こうか」

「うむ、こっちじゃ」

ヴォレットに腕を引かれながら客間までやって来た悠介は、アユウカス一行の待つ客間に入った途端、すっ転びそうになった。

「わらわがヴォレットじゃ」

「ワシがアユウカスじゃ」

無い胸を張って名乗りを上げるヴォレットに、同じく薄い胸を張って自己紹介をするアユウカスは、何故かヴォレットと御揃いのツインテールにしていた。

「何やってんすか、アユウカスさん……」

「なに、ほんの遊び心じゃて」

カッカッと笑うアユウカスに、悠介は肩を竦める。

『親睦を深める戯れはさておき――』とアユウカスが本題に入る。

纏う雰囲気がピリッとしたモノに変わり、それを感じ取ったヴォレットも御転婆姫モードを止めて王族の表情《かお》を纏った。

「ワシが来たのはほかでもない、対ポルヴァーティア戦に向けた防衛兵器開発の支援じゃ」

ポルヴァーティアの汎用戦闘機や機動甲冑を相手に、カルツィオの通常兵器や神技だけでは歯が立たない事は、先日の小規模な一戦でも明らかとなっている。

その為、迎撃には悠介が複製したポルヴァーティア軍の武器を利用する事になる。しかしアユウカスが感じ取った限り、本格的な侵攻はここ三、四日以内にあると予測されていた。

「そんなに早く来ますか」

「向こうは最初からそのつもりで準備しておったのだからな」

先の戦闘での思わぬ結果やイレギュラーの出現により、戦略の見直しなどで多少の遅延は出ているると思われるが、あまり間を置く事はないだろうと見ている。

恐らくは地上部隊よりも先に空からの大規模な攻撃があると読むアユウカスに、悠介も聞きかじりの現代戦における戦略・戦術から考えればそうなるだろうと頷く。

現在、カスタマイズメニューの中で色々と弄っている『光撃連弓』は対空兵器として、また『機動甲冑』に対しても有効な武器として使えるよう改造を施している。

最初に一つだけ完璧なモノを組み上げさえすれば、あとは寸分たがわぬ同じものを複製出来る。

「じゃが、お主の能力は無限に使えても、必要な資材や労働力の確保には限界があるじゃろ？」

「それが問題なんですよね」

大量の兵器を複製するには相応の材料を集めなくてはならず、複製された兵器を主要な街に配備するにも相当な輸送力が必要とされる。現在使用可能な動力車や荷馬車を軍民問わず総動員しても、一日や二日で運べる総量は高《たか》が知れている。

「そこで、ワシ等の出番という訳じゃ」

悠介の近くに居る事で邪神の力と共鳴して『カスタマイズ・クリエート能力』を扱えるアユウカスが協力すれば、兵器の複製と材料などの運搬をスムーズに行えるという。

「複製は分かりますけど、資材と兵器の輸送はガゼッタの兵力を使っても焼け石に水な気が……」

「ん？　あまり足しにならんという意味か？　なあに問題ない、輸送の大部分はほぼワシが一人でやる事になるがの」

「？　それってどういう――」

言葉の意味が分からず首を傾げる悠介に、アユウカスは『少し以前から進めていた』というある構想について語る。

「『反則』を使うのじゃよ。お主とワシとでな」

彼女はそう言って、三千年仕込みの笑みを浮かべた。


ポルヴァーティア大陸、カーストパレスの大聖堂を囲むように並ぶ軍事施設群。その一角にある機動甲冑の特別訓練場にて、新しく支給された大型メイスの具合を確かめていたアルシアは、ふと天窓から見えるカルツィオの大地に視線を向けた。

まだ土地のほとんどが未開拓で、森の緑が広がる景色に故郷の地を思い出す。決して豊かとは言い難い母国エパティタから、魔導技術の発展している隣国グランダールにある冒険者協会の訓練学校を目指していたあの日。

もし、ここに勇者として召喚される事が無かったなら、あのまま元の世界で普通の冒険者としてノンビリやっていたのかもしれない。

（カルツィオか……サクヤは向こうの人間でもこちらの人間でもないようだが……）

先日の夜、突如部屋に現れた朔耶は、これから本格的になるであろうポルヴァーティアとカルツィオとの戦いの中で、ここぞと言う時には協力して欲しいと持ち掛けてきた。

世界を自由に行き来しているという彼女はカルツィオ側に味方をしているようなので、協力要請の受け入れはポルヴァーティアへの裏切りになる。しかし――

『自分を都合よく利用している人達の手から飛び出す事が裏切りっていうなら、そうかもね？』

あそこまで明《あ》け透《す》けな言い方をされると、拒否する事は自己否定にも繋がる気がして、受け入れてしまった。

心の奥底で燻《くすぶ》っている感情。朔耶と話している間は『ポルヴァーティアの勇者』として長く被ってきた偽りの自分を捨て、僅かでも久方ぶりに本当の自分で居られた気がする。

まだその本音とするところを表に出す事は出来ないが、今後の展開と戦いの結果次第では、冷たく閉塞感に満ちたこのポルヴァーティアでの生活にも、何か新しい変化が起きるかもしれない。

(でも……サクヤの目的は何だろう？)

何が狙いで、誰の思惑で動いているのか。あれほどの不可解な力を持ち、世界そのものを自由に行き来するなど、とても個人で有している力だとは思えない。朔耶も背後に大きな組織なりを抱えている筈。アルシアはそんな推測を立てていた。

ポルヴァーティアとカルツィオの戦いに介入しようとしている第三勢力。朔耶が属する異世界の組織——もしくは異世界の国家か。

実は特殊な在り方をしている朔耶の極めて個人的な力と理由で介入しているとは、思いもよらないアルシアであった。

ポルヴァーティアがカルツィオに接陸してから三日目。ヴォルアンス宮殿の室内訓練場に設けられた防衛兵器の生産工場では、大量の特殊な迎撃・防衛用の武器が量産されていた。

ガゼッタとトレントリエッタの鉱山にある採掘場から掘り出された鉱石が土技職人達の手によってその場で鉄塊などに精製され、一定量ごとにサンクアディエットへと送られる。

それらの資材を使って複製量産された『対空光撃連弓・改』が各国の首都に送られると、そこから主要な街へと運ばれて行くのだ。

「ユースケや、そろそろ次の資材を移動させるが、トレントリエッタに運ぶ分はできとるかえ？」

「こっちは上がってますよ、あとは予備を幾つか組むだけですね」

武器の製作は闇神隊長《ゆうすけ》がほぼ一人で行い、複製量産に必要な資材と完成した『対空光撃連弓・改』の輸送は里巫女《アユウカス》が迅速に進めている。

昨日、ガゼッタからの使者として訪れた里巫女一行から、共同作業の提案を持ちかけられた悠介は、アユウカス達に連れられてサンクアディエットの街外れ、ブルガーデンとの国境付近まで出向いた。そしてそこで『ソレ』を見せられた。

地面に半分埋められた角石。遥か地平線の彼方まで続くその角石は、アユウカスの言った『反則』の要となる単純且つ壮大な仕掛けだった。

『港街建設の頃から構想しておった。お主の『しぃふぅどぶーむ』を使えるよう、整備しておいたのじゃ』
『シフトムーブです』
確かに最近ルフク村から例の揚げ物が広がって魚料理が盛んだけど、などとツッコミながら、悠介はカスタマイズメニューを弄る。そして一画面に収まりきらない国境線のようなマップアイテムに、物理耐性やら神技耐性の強化を施して実行した。

『シフトムーブ網』

アユウカスの言う『反則』とは、以前ブルガーデンの内戦に干渉したパウラの長城前での戦いで、悠介がシンハに言い放った『本物の反則』を指している。

一つのアイテムとして繋がってさえいれば、カスタマイズ能力は規模の制約も無くその物体の端から端まで干渉する事が出来る。その仕様を利用し、カルツィオの主要国や重要な地域を一本の角石で繋いでおき、あらゆる荷物を瞬時に運ぶ事が出来る仕組みを構築するのだ。

実は悠介もこれと同じモノを考えた事がある。ルフク村とサンクアディエットを石畳で繋ぎ、砦や北部の海岸まで瞬時に移動出来る方法として検討していた。が、時間も費用もそれなりに掛かる為、個人で進める事は断念した。

ガゼッタの兵達が地道に角石を繋いで作った、全長およそ二千三百キロにも及ぶカスタマイズ・

クリエート専用の道。一度マップアイテムとして全体を掌握してしまえば、後から材料を継ぎ足す事で立派な石畳の街道にもできる。

この『道』を使い、ガゼッタとトレントリエッタの採掘場にて精製された資材は、アユウカスのシフトムーブによって一瞬の内にサンクアディエットの生産工場へと運ばれる。

この資材で悠介が『対空光撃連弓・改』を組み上げ、その中からサンクアディエットに配備される分を衛士隊が街中に運び、ガゼッタやトレントリエッタの主要な街にアユウカスがシフトムーブで運ぶ、というサイクル。

物だけでなく人員を運ぶことも出来るので、採掘作業の効率を落とさず、常に最高の状態でそれぞれの仕事が進められていた。

「うーむ……まさに本物の反則じゃなぁ～」

ヴォレットは工場内で試作小型光撃連弓の試し撃ちをしたり、まだ基礎部分しかできていない構想途中の浮遊砲台に入ってみたりして遊んでいた。そんな彼女が次々に運ばれてくる資材の塊や、次々に各地へと運ばれていく『対空光撃連弓・改』の流れ作業を見て唸る。

作業の中心となっている悠介とアユウカスはほとんど椅子に腰掛けたまま、空中に手を翳して指でちょいちょいとやるいつもの動作を続けている。その周りで衛士達が出来上がった武器を街中へ運び出したり、資材とは別に運ばれてくる小物を選り分けたりしている。

「すまぬのう、フォンクランクの姫や。もう少し落ち着けば昔話の一つもしてやれるのじゃが、思いのほか忙しくてのう」

「かまわん。カルツィオの地に生きる全ての民に関わる大事じゃからな。ユースケの支援をしっかり頼む」

「……なんか声も口調も似てるから、二人が同時に喋ると区別付かなくなるな」

悠介のそんな呟きに、顔を見合わせたヴォレットとアユウカスは——

「わらわがヴォレットじゃ」

「ワシがアユウカスじゃ」

示し合わせていたかのように声を揃え、姉妹のように笑った。

ゼシャールドにも懐いていた割とお爺ちゃんっ子なヴォレットは、中身だけならかなり年季の入っているお婆ちゃんのアユウカスにも懐いたようだ。


そろそろお昼を回ろうかという頃。ヴォレットはアユウカスと連れ立って生産工場を後にする。

「わらわ達は食事に行って来る。ユースケもちゃんと食べるのじゃぞ？」

「さて、では暫し休憩とするか。フォンクランクの宮殿で食える飯はどんなモノかのう」

「はいよ、いってらっしゃい」

二人を送り出した悠介はやれやれと首を回しながら、まだ残っている資材で『対空光撃連弓・改』を一門組み上げ、工場内に並べられた長テーブルの上に置く。

カスタマイズメニューを開き、作りかけの浮遊砲台データを呼び出して、次はどこを弄ろうかと考えていると――

「あ、いたいた。悠介君、やほー」

「なんという狙ったようなタイミング」

「うん？」

「いや、こっちの話」

ヴォレット達が工場を後にした直後に突然現れた朔耶に衛士達が驚くも、悠介と親しげに話している姿を見て納得して、武器を運び出す仕事に戻った。

『対空光撃連弓・改』を街の各所に配備する作業は、衛士達が行っている。必要な数を複製生産し終えれば悠介も設置作業に乗り出す予定だ。主に宮殿や展望塔の外壁といった、設置の困難な場所を担当する。

朔耶はずらりと並ぶ大型ボウガンにも似た『対空光撃連弓・改』を、興味深そうに観察している。

「これって武器よね？　あの箱型飛行機とかに付いてた光線出すやつ？」

「そう、光撃弓とか光撃連弓とかって言うんだけど、その強化改良版」

各パーツごとに分解し、それぞれを弄って再構成した改造品である。射程、威力、連射力や耐久性など、元の『光撃連弓』に比べて倍以上の性能に強化してあった。

「こういう兵器ってカルツィオには無かったモノだから、後々問題が出るかもしれないけどね」

今はポルヴァーティアという、カルツィオの民が一つになって当たる必要のある『敵』の存在が、強力な武器の力を全て外に向ける状況を作り出している。が、共通の敵が居なくなった後が問題だ。その辺りに対する悠介の危惧には、朔耶も共感するらしい。

「でも、カルツィオって結構広いわよね。街もあちこちに散らばってるみたいだし、武器の配布とか間に合うの？」

このサンクアディエットを防衛する為に必要な数を揃えるだけでも、数日近く掛かるのでは？という朔耶の疑問に対し、それは問題ないと答える悠介。

「ガゼッタとアユウカスさんも協力してくれたお陰で材料は十分揃ってるし、運搬もシフトムーブを使うから纏めて運べるし」

カスタマイズ能力を駆使する事で、特定の区間だが荷物を輸送する際に距離も重量も無視出来る上に、生産作業も時間を大幅に短縮出来る。

材料と条件さえ揃っていれば、毎秒二門ほどの速度で複製が可能なのだ。一時間もあれば七千門近く複製生産出来る。

「なにその出鱈目な能力！」

「いやいやいや」

驚く朔耶に、貴女の能力も大概出鱈目だと突っ込まずにはいられない悠介なのであった。

第六章　嵐の前

ポルヴァーティア軍迎撃用『対空光撃連弓・改』の配備が大急ぎで進められているサンクアディエットの街。

今日も夜明け前から工場に赴き、兵器開発に勤しむ悠介は『対空光撃連弓・改』が予備も含めてある程度の数が揃ったので、作り掛けだった浮遊砲台に手を付けていた。汎用戦闘機の浮遊装置を組み込んだ空飛ぶ台座である。

『対空光撃連弓・改』は街の区分けに使われていた防壁や、一般的な建物の屋根などにも取り付けているが、病院などの施設は攻撃対象にされないように設置を避けている。

設置出来る建物の無い場所もあり、そういった空白地帯には上空に浮遊砲台を設ける事で、弾幕の隙間を埋めるのだ。外周付近にもぐるりと浮かべる予定である。

悠介の元居た世界にある対空砲のように、砲弾が目標近くで爆発するといった仕掛けが無いので、密集させた砲台からひたすら撃ち続ける高密度対空射撃で対抗しようという試みだ。

正に『数撃ちゃ当たる』の戦法だが、当たらなくてもいいのでとにかく相手に攻撃の機会を与えないよう街の上空には近付けさせたくない。

「——よし、こんなもんかな」

推進装置は浮遊装置とは別個の部品となっていてまだ解析中の為、汎用戦闘機のように自由に飛びまわるというところまでは行かないが、ある程度の移動は可能だ。

砲手二人と『対空光撃連弓・改』を乗せて安定した浮力を保つ『浮遊砲台』を完成させた悠介は、複製量産する為の資材がまだ届いていないので、小休止に入った。

「おう、新しい機械が完成したのか。朝早くから勤勉じゃのう」

「おはよーございます、アユウカスさん」

朝食を済ませたアユウカスが工場にやって来た。彼女のシフトムーブによる資材の瞬間輸送という補佐が無くては、複製量産作業は成り立たない。早速資材のシフトムーブ輸送を始めて貰い、悠介は浮遊砲台の量産体制に入る。

「サンクアディエットの配備が済めば、次はブルガーデンを優先した方が良いかもしれんのう」

「やっぱそうなりますかね」

アユウカスの言うところはつまりこうだ。

地形からして攻められ難そうなブルガーデンだが、距離的には『要塞都市パウラ』がポルヴァーティアから最も近い場所にある。

ガゼッタはパトルティアノーストの造りが堅固な要塞そのものな上に、ポルヴァーティアから一番遠い。更にはサンクアディエットが防壁となるので、直接脅威が及ぶのはずっと先になりそうだ。

深い森に囲まれたトレントリエッタも、ポルヴァーティアからはかなりの距離がある。

カルツィオの南部と東南部に位置するこの二国は、今のところ『対空光撃連弓・改』の配備だけで十分だろう。


出勤して来た衛士隊も作業に加わり、複製生産された浮遊砲台を運び出して行く。本格的な作業が始まってしばらく経った頃には、いつものようにヴォレットも顔を出した。

一応、王女直属の闇神隊が作業を取り仕切る工場の視察という公務も兼ねている。

「おおーっ、浮いておる浮いておる！」

動作チェック中の浮遊砲台に乗って無邪気にはしゃぐヴォレットは、工場で作業を進める衛士達の癒しになっていた。悠介もアユウカスも作業中はカスタマイズ画面の操作に没頭しており、特に会話もないので、普段ののほほんとした雰囲気はなりを潜める。

判別不明な神技の波動に包まれる工場内で、有り得ない速度で次々と量産される兵器を迅速に捌いていかなければならない過酷な作業現場は、割と殺伐としているのだ。

浮遊砲台の量産は昼前頃には予定数に達したので、悠介は本日の作業をここまでとした。一昨日から量産されている兵器のチェックと運び出しに設置作業と、休む間もなく働き続けた衛士達を労う。

「みんなご苦労さん、俺の奢りで食堂に美酒とキナ鳥の肉料理を用意して貰ってるから、それ食ってゆっくり休んでくれ」

「うおお、流石ユースケ殿！」

「ありがとう御座いまっス！　ご馳走様っス！」

歓声を上げて工場を後にする衛士達を見送り、悠介は椅子の上で身体を伸ばした。アユウカスもコキコキと首を鳴らして柔軟体操中だ。

「あ〜やれやれ、とりあえずこれで一段落ついた」

「運用の方は、やはり訓練を兼ねた実戦でやるしかないかのう」

「ですね、向《ポルヴァーティア》こうからも見られてるみたいだし、ぶっつけ本番でいった方が効果も上がると思いますよ」

アルシアから色々と聞き出したらしい朔耶の話では、ポルヴァーティア側は遠見の道具でカルツィオ全域を監視していて、軍の動きや街の様子などもある程度把握しているとの事だった。

街中に配備した『対空光撃連弓・改』を試し撃ちや訓練で使えば、最初から対応した戦術で来るかもしれない。出来るだけ手の内を明かさず、緒戦の迎撃で相手を怯ませる程度のダメージを与える事で、向こうの指導者を交渉の席に引っ張り出すのだ。

「戦うと損するって思わせられれば勝ちなんだけど……」

「まあ、向こうも熱心な信者を抱えとるなら退《ひ》くに退《ひ》けんじゃろなぁ」

信仰教育で思想を縛る支配は、教義上の大前提が組織を纏める柱となる。

『不浄大陸の浄伏《じょうぶく》』を神に与えられた使命として掲げている執聖機関が、『不浄大陸に棲まう蛮族』と交渉を行う事など有り得ない。

とは言え、それはあくまで信徒達に見せる表向きの姿勢。実際のところは、機関構成員がどの程度の割合で教義を真理と考えているかにもよるだろう。熱心な信徒達にとっては『ポルヴァーティア以外の大地は不浄の大地、そこに棲む原住民は悪魔を信仰する堕落の民の子孫』という事になっているのだ。

武力を背景に権力を行使する普通の独裁体制ならば、組織の頭が右と言えば全て右へ倣うという、限定的ながらある種柔軟な面を持つ。だが、信仰を背景にした独裁体制の場合、たとえ組織の頭が方針転換を宣言しても、それまで定められていた教義に拘《こだわ》り、上からの通達や組織の方針に従わない信徒達が現れる場合がある。

なんせ彼等が心から忠誠を誓い、信仰しているのは、教義で語られる『神』なのだ。その『神』の声を民に届ける役割を担う『指導者』が突然方針転換を告げても、『神』に仕える信徒達は納得出来なければ受け入れない。

そこに付け入ろうとする野心家は、どんな組織内にも一人や二人は存在する。ハナから信仰や教義の内容なぞどうでもよく、組織で昇りつめる為の道具としか見ていない『新しい指導者候補』が加わって派閥が生じれば、内紛は必至。

「上には分裂、下には反乱を呼び起こして自壊させるのが楽なんじゃがのう」

「泥沼化しそうですね……」

カルツィオを力尽くで屈服させられなければ、その時点でポルヴァーティアの統治機関は立場が危うくなる。

ポルヴァーティアに住む住民は、『浄伏《じょうぷく》』によって国も身分も土地も失い、下級市民として奉仕活動という名の労働を強いられている層が半数以上を占めている。

強力な魔導兵器を駆使する神聖軍と渡り合える『敵軍』の存在は、下級市民層を決起させる切っ掛けになるかもしれない。

『今こそ信仰を示す試練の時』とでも鼓舞して士気を高めれば、市民の統率を保つ事も出来るだろう。しかし、労働力として取り込まれた元他大陸の人々は、奪われた自分達の大地を取り戻さんと反乱を起こしてカルツィオの援護に動く事も考えられる。

「上手い事やれれば、向こうの統治形態を維持したまま和睦に持っていけなくもないがの」

「それは、例えばどうやって？」

「新しい『事実』を作るのじゃよ」

現ポルヴァーティアの指導者である大神官は信徒達からの信望も厚く、執聖機関がカルツィオ側と和平交渉を持つ程度では、彼等の足場が揺らぐ事はないと思われる。が、彼等の言うところの『浄伏《じょうぶく》』がカルツィオに行われないとなれば、後々の辻褄合わせが難しくなっていくだろう。

ならば、執聖機関が正式に『カルツィオは不浄大陸ではなかった』という『事実』を発表してしまえば良い、とアユウカスは言う。

「多少強引じゃがの、教義を一部弄って『砕かれた大地』とやらの中にも、不浄大陸にならなかったモノがあった事にすれば良い」

「そ、そんな単純なので納得しますかね？」

「するじゃろ。教義の根本さえそのままなら、妄信しておる者でも違和感は覚えんじゃろうしな」

神聖軍がカルツィオを武力制圧出来なかった言い訳を『同じ神の加護を受けている民だったから

〝浄伏《じょうぷく》〟出来なかった』とする事で、執聖機関の威厳に傷をつけず、信徒達も納得させられる。

そうして和平が実現すれば、その後のポルヴァーティアの信仰については、カルツィオは知らんぷりをしていれば良い。そのうち向こうが勝手に『中心の大地から離れていたのでポルヴァ神を知らないのだろう』などと推測を立て、カルツィオの立場に理解を示してくれるだろう。

そこまで持って行く事が出来れば、カルツィオの五族連合とポルヴァーティアの執聖機関は双方の立場を侵害する事無く、一つになった大地の上で平穏に共存していける。

「もっとも、水面下ではちくちくやり合う事にはなるじゃろうけどな」

ポルヴァーティア側は自分達の信仰支配による統治を維持しつつ、労働力である下級市民や魔導技術の流出阻止に躍起になるだろう。

一方でカルツィオ側は、ポルヴァーティアの神聖軍や執聖機関の力を削ぐ活動を仕掛けていく。下級市民層との接触を図ったり、執聖機関の統治下に比べれば自由に生きられると上級市民からも亡命希望者を募ったり、といった工作合戦が予想される。

悠介とアユウカスがそんなやりとりをしていると――

「ふぁ～～――むつかしー話をしておるのう」

浮遊砲台の台座部分にだらーんと寝そべってあくびをしたヴォレットが、壁をひと蹴り。スイ～と工場内を漂いながらごろごろしている。

「猫かお前は」

「にゃーじゃ」

ここ数日、ポルヴァーティア対策であまり構ってやれなかった事を思い出した悠介は、退屈そうにしているヴォレットに何か玩具を作ってやろうかと、カスタマイズメニューを開いた。幸い資材も製作ネタも大量に揃っている。

いつもの宙に指を這わせる作業を始めた悠介を見て、ヴォレットはまた仕事を始めたのかと台座に突っ伏しつつ向かい側の壁をキック。

元の位置に戻るつもりだったのだが、ちょうど蹴り出したところに柱があった為、斜めに力が掛かってその場でくるくる回り始めた。

「うおーっ、蹴り損ねた！」

「……なんか、ほっといても一人で遊んでんな」

「ふっふっ、歳相応に無邪気なところは無邪気なまま、聡明で良い娘じゃな」

悠介のカスタマイズ画面を横から覗き込み、何を作ろうとしているのかを察したアユウカスが、

『相変わらず主想《あるじ》いじゃなぁ』などと冷やかす。

カスタマイズ画面内で構築されているのは、浮遊装置を組み込んだプロペラ推進式の改造ソファーだ。

浮遊装置を動かす為の魔導装置がどうしても大型になるので、姫君を座らせられる質の良い豪華なソファーのデータを呼び出し、サイズを合わせて整える。推進用のプロペラは装置の隙間に内蔵した安全設計だ。

「よし、こんなもんかな。実行」

残っていた資材の一部が光に包まれて消えていき、そこに大型の赤色ソファーが現れた。乗降用の短いステップ付きで、下半分はゴツイ装置が露出していて、何だかSFらしい雰囲気を醸し出している。

「ぉお？　なんじゃそれは？」

「プレゼント」

「え、わらわのかっ？」

早速食いついて来たヴォレットに、悠介は操縦の仕方を説明する。安全を第一に考慮して作られた浮遊ソファーは、床から通常で二十センチ、最大四十センチほどの高さまで浮かび上がる。

そして人が歩く程度の速度での移動が可能。大人が三人並んで座れるほどの大きさなので、小柄なヴォレットなら半分寝そべる事も出来る。

「やったぁ！　遂に空を行く乗り物がわらわの元にっ」

「あんま高くは飛べないし、ゆっくりしか動けないけどな」

「かまわんかまわん、こういうのが欲しかったのじゃ」

赤いシーツを敷いた豪華な大型ソファーが工場内を自由に浮遊する。これなら宮殿内のどこへでも乗っていけると、ヴォレットはご満悦な様子である。

優雅に崩した姿勢で玉座に腰掛けているようにも見えるその姿には、なんだか女王の片鱗が見えるようだ。そんな楽しそうなヴォレットを、妹を見守るような優しい表情で眺める悠介の傍に、アユウカスがそっと歩み寄る。

「あと二年も待てば、乳も尻も膨れて良い感じに育ちそうじゃな」

「耳元でなに囁いてんですかっ」

『あれは将来、色気も武器にするぞ』と占う里巫女に、悠介は初めて出会った日の事を思い出して『まあ確かに』と否定出来ないでいた。

ゼシャールドにも色仕掛けを試そうとしたし、ルフク村まで自分に仕官の召致令状を届けに来た時もそれっぽい事を自然に仕掛けられた記憶がある。衣装もあのままなら、エライ事になりそうだなぁと想像してみたりする悠介だった。

「しかし、これは良いのう」

ちゃっかりコピーして自分の分も作ったアユウカスが、青い浮遊ソファーを操作してヴォレットのソファーに並ぶ。

「おおっ、アユウカスも作ったのか。そろそろ昼食じゃ、上まで競争するぞ！」

「ふふふ、ワシのは自前で調整しておるから速いぞ？　付いて来られるかのう」

まるで仲の良い姉妹のようにも見える姫君と里巫女。空飛ぶ大型ソファーが二台連なって宮殿の廊下を移動する姿はとても目立つ。上層階の食堂を目指して歩行速度のデッドヒートを演じようとしている彼女達を見送ると、悠介も食事を取りに工場を後にした。


ちなみに、昼食の時間が終わって工場に戻って来た二人の浮遊ソファーには、アユウカスのカスタマイズによる改良が入って、色々と外見が変わっていた。

ヒラヒラのフリル付き天蓋とレースのカーテン、リーンランプの前照灯まで装備され、外に出る気満々の仕様である。アユウカスの浮遊ソファーはパトルティアノーストでも使えるよう、少し幅の調整までしてある。

自分の浮遊ソファーに腰掛けたヴォレットは、操縦桿の飾りを弄りながら悠介にねだる。

「のうユースケよ、わらわのはもっと速く出来んのか？」

「出来るけど危ないからダメ」

「むぅ！　アユウカスのは走るくらい速いのにっ」

「あの人は不死身だからいいの」

一方、速度があまり出ない上に人力で簡単に引っ張っていけるので、動力車に比べるとお稽古事に連行し易くなったと、専属警護兼教育係《クレイヴォル》には好評なのだった。

昼間のバタバタとした時間も過ぎ去り、夕方頃には宮殿勤務を終えて悠介は帰宅した。一応サンクアディエットはポルヴァーティアからの攻撃に備えて厳戒態勢下にあるのだが、悠介は報せがあれば一瞬で宮殿に戻れるので、比較的自由な行動が許されている。

「そういえば、今日は都築さん来なかったなぁ」

シフトムーブで宮殿の自室から自宅の玄関ホールに移動すると、いち早く気付いた使用人さん達がわたわたと焦るように集まりながら『お帰りなさいませ』と声を揃えて出迎えてくれた。

普段は動力車で自宅と宮殿を行き来しているので、いつもなら玄関に入った時には既にピシッと整列している彼女達の慌てる姿は、悪いと思いつつも面白い。

「おかえり～ユースケ」

「お帰りなさい、ユウスケさん」

「ただいま」

二階の部屋からスンとラーザッシアも出迎えに下りて来た。ラーザッシアに隊服のマントを預け、スンを伴って自室へと上がる。部屋のテーブルには先日、朔耶が届けてくれた元世界の家族写真や自分本体からの自筆手紙などが並べられていた。

写真を目にした二人は、とても精巧に不思議なものがいっぱい描かれてると興味を示していたが、そこに写っている人物が悠介の両親であると聞くと、また違った関心を懐《いだ》いたようだった。

元世界の悠介本人の写真もあり、こちらで邪神をやっている悠介と見比べてみると、容姿は変わらないのに顔付きが明らかに違っていた。主に眼光の深みというか鋭さが違うのだ。

『でも……こっちのユウスケさんって、凄く優しそう』

『おのれ俺本体！　写真でスンをかどわかすとはっ』

『はいはい、自分に嫉妬しない』

一昨日の夜には、そんなやり取りがなされていた。

「ポルヴァーティアの様子はどう？　そろそろ動きそう？」

「どうだろうなぁ。アユウカスさんの予想だと明日か、明後日辺りにひと当て来るんじゃないかって話だったけど」

今日生産した浮遊砲台の配備もほぼ終了しているので、一応、迎撃準備は調っている。戦闘中は悠介邸で働く使用人達を含め、スンもラーザッシアも屋敷の地下に設けられたシェルターに避難する手筈だ。太陽苔を栽培している地下研究室とはまた別に造られた長期間過ごせる避難施設で、水や食料の備蓄も済ませてあった。

「ユウスケさんは、戦いが始まったらずっと宮殿に？」

「多分ね。状況にもよるけど、街の修復とか砲台の移動とかで掛かりきりになると思う」

特に、サンクアディエットで一番目立つ建築物であるヴォルアンス宮殿は、司令塔としてもシンボルとしても攻撃対象にされそうなので、常にカスタマイズ画面で状態を監視する事になる。

なんせ急ごしらえの対空防備。ポルヴァーティア軍の戦闘機に対してどこまで効果を望めるか分からないのが実情だ。

街はどこかが破壊されても資材が続く限りすぐに修繕出来るが、人が怪我をした場合はそうもいかない。出来る限り負傷者を出さないよう『対空光撃連弓・改』を運用する衛士達には上手く立ち回って貰いたいところであった。

「じゃあ……平穏な今のうちに思いっきり甘えておかないとね？」

「そ、そうですよね……」

ラーザッシアは悪戯っぽい笑みで、スンは何かを期待するような眼差しで、じぃ～――と悠介を見つめてくる。明日にも起こりうるであろうポルヴァーティアとの戦いについて結構重い話をしていた筈なのに、いつの間にか桃色空間が発生している。

「……をい、なんだなんだいきなり」

「ユースケもさ、そろそろ真剣にスンちゃんの事、考えてあげた方がいいと思うのよね」

「んな悪巧み笑顔のまま言われてもな」

「あ、これ照れ隠しだから」

唐突過ぎてたじろぐ悠介に、ラーザッシアは普段と変わらない調子でそんな事を言った。悠介は、元世界の自分からの手紙にあった『生殺しは勘弁してくれ』という訴えを、うっかり二人に話してしまったのが原因か、などと推察する――そこへ、来客が告げられた。

「こんばんは、ユースケ様」

「おや、いらっしゃい」

毛先にゆるくウェーブの掛かった水色の髪を腰の辺りまでさらりと流す、元唱姫のラサナーシャ。珍しく夜中にやって来た彼女を、良いタイミングとばかりに迎える悠介だったが――

「スン様とシアにお誘いされましたの。今夜はとことんユースケ様に甘えたいのだとか」

「しまった援軍か！」

どうやら三人で示し合わせていたらしい。

「うっふふー。もう覚悟決めちゃいなさいよ、ユースケ」

「ユウスケさん」

ポルヴァーティアとの一戦の前に、一線どころか二、三線越えてしまいそうな環境にあった事に、今更ながら気付く悠介であった。

深夜。自室にて、天井を眺めながらぼーっとした緩やかな至福のひと時を過ごしていた悠介は、自分と身内の将来について考えていた。

（なんか、ひと足飛びに進んでしまったが……）

これから先も、スン達や周囲との関係が大きく変わるような事はないだろう。そんな予感がする。両手と胸板を青や黄や白い花で埋もれさせながら、ここに赤が加わるのは自身の節操を含めて色々と問題があるだろうなぁと、埒《らち》も無い事を思いながら、悠介はそろそろ起き出そうとする。

「とりあえず、腕離してくれ」

「うう～ん……もうちょっと……」

「離れたく、ないです……」

「一緒に居たい……」

ベッドのど真ん中で、物理的にも精神的にも『動けん』と困る悠介なのであった。

第七章　サンクアディエット防衛

垂直に繋がっていたカルツィオとポルヴァーティア双方の大地は、日に日に角度を浅くしながら融合を深めていた。カルツィオの北の空から見下ろすようにその姿をさらしていた聖都カーストパレスは、徐々に遠く霞掛かった地平線の彼方へと消えていく。

太陽のように大地の周りを回らない月は既に融合を果たし、ひと回り大きくなった新しい月が、カルツィオとポルヴァーティアを合わせた大地の中心付近へと移動して、上下軌道を安定させていた。


月が遠のく夜明け前、ポルヴァーティア神聖軍の空軍基地では、出撃準備を整えた聖機士隊強襲揚陸艇と戦闘爆撃機、それに拠点構築用の資材を運ぶ汎用戦闘機が待機していた。

戦闘爆撃機のみで編成された第一陣は既に出撃しており、もう間もなく拠点構築用の汎用戦闘機部隊と強襲揚陸艇を引き連れた第二陣も出撃する手筈となっている。

「アルシア様、そろそろ出撃しますので」

「分かった」

第二陣の汎用戦闘機部隊に同行して、拠点が構築される間の護衛を務める事になっているアルシアは、一度振り返って天高く聳える大聖堂を見上げると、踵《きびす》を返して先頭の機体に乗り込んだ。

今回の戦いで、制圧部隊である聖機士隊の機動甲冑を送り込むには例の『黒尽くめの混沌の使者』の動きを封じておく必要がある。

まずは空からの攻撃で相手の本拠地を直接叩き、街の中心にある宮殿を破壊する。斥候部隊の機動甲冑が全機制御不能になって奪われた事から、なるべく直接対決は避ける方針が取られた。各機体が宙に浮かび、第二陣の汎用戦闘機が出撃態勢に入る。

大型メイスを肩に背負い、神聖軍基地の灯りを見下ろすアルシアは、この戦いでまた朔耶と対峙するかもしれない事を気に掛ける。

(彼女を前にして、私は再び戦う事が出来るのだろうか?)

アルシアは自身の『勇者』としての覚悟が、ポルヴァーティアへの信仰や忠誠と同じくらい揺らいでいる事を感じていた。

ポルヴァーティアの勇者として在る事を自らの使命に掲げて、力を振るってきた。しかし護ろうとした自分の居場所にさえ、決して望んでいたような温かみは感じられない。色々な虚構から目を逸らしていた事を自覚させられた今、『戦う理由』も薄れてしまっている。

つらつらとそんな想いを巡らせていたアルシアに、同乗する若い神聖軍兵士が声を掛けてきた。

「あの……アルシア様」

「うん？」

「自分はこれが初陣になるのですが、勇者殿と共に出撃出来る事を光栄に思います！」

「……そうか」

こういった一般の若い信徒達は、上層の聖務官達と違って、真っ直ぐな尊敬の念を向けて来る。もっともそれは、ポルヴァ神への信仰を通してという事になるが。

カルツィオとの融合でポルヴァーティアの現状が変わるかもしれないと朔耶は言っていた。信仰や教義に縛られなくなれば、この若い信徒の自分に対する接し方はどんな風に変わるのだろうか。

「……」

「あ、あ、あの、あの」

勇気を出して『憧れの勇者様』に声を掛けてみた若い信徒は、思いがけずじぃっと見つめられてしまい、どぎまぎし始めた。アルシアはクスリと笑みを浮かべると『そう硬くなるな』と諭す。

「私の力が及ぶ限り護る。任務をしっかりな」

「は、はい！　よろしくお願いしますっ」

第一陣の攻撃部隊がカルツィオの領域に入る頃、アルシアを乗せた第二陣は、ポルヴァーティア神聖空軍基地を出撃していった。

明け方頃。サンクアディエットでは風技の秘匿伝達と伝令用の『広伝』が飛び交い、俄《にわ》かに騒がしさと緊張感が増していた。北の海岸線に展開されていた哨戒部隊や、ブルガーデンの要塞都市パウラからも、ポルヴァーティア軍と思しき機影が迫っているのを発見したという一報が届けられたのだ。ヴォルアンス宮殿内でも、伝令や衛士達が慌ただしく走り回っている。

珍しくこの時間帯に眠っていた悠介も直ちに宮殿へと呼び戻され、アユウカスと並んで宮殿内からの迎撃と防衛の任に就いた。

今回、闇神隊メンバーは悠介とアユウカスの補佐を担当する事になっている。ヴォーマルは悠介達の傍に控えて参謀を務め、イフョカとフォンケは伝令役、シャイードとエイシャは万一に備えての護衛と治癒係だ。

街中に設置された『対空光撃連弓・改』の運用は悠介に一任されているので、実質、悠介が迎撃の指揮を執る事になる。

「状況は？」

「現在ポルヴァーティア軍は海岸線を通過、数はおよそ百二十、例の汎用戦闘機よりも大型らしいですぜ」

ヴォーマルの報告に、悠介は相手の戦力や狙いについて考える。

「多いな。ふーむ、機動甲冑とか積んでるのかな……」

「向こうの指揮官がまぬけなら、それもあり得るじゃろのぅ」

悠介の隣に座り、早速自分のカスタマイズメニューを開いたアユウカスが、シフトムーブ網の掌握を始めながらフォローを入れる。

機動甲冑を投入しようものなら、ほぼ確実に無力化されて搭乗員は捕虜に取られ、カルツィオ側により多くの兵器サンプルと素材を渡す事になる。

先日の斥候との戦いを見る限り、それが分からないほど愚かな指揮官ではないだろう。やはりここは当初の推測通り、空からの大規模な攻撃が来るものと考えた方が良いだろうと悠介達は結論を出した。

その時、宮殿内に敵の接近を告げる『広伝』が響き渡る。

「――北方向上空より接近する敵影を確認！――」

「隊長、ご指示を」

「ん、じゃあ敵が高度を下げ始めたら一斉攻撃で」

とにかく近付けさせない事が重要で、無理に引き付ける必要は無い。

撃墜は考えなくて良いのでひたすら撃ちまくれ、という悠介からの指示に従い、サンクアディエットの北側に面する対空砲が一斉に光弾を打ち上げた。

夜明け前の薄暗い街が、連続する閃光に照らし出される。攻撃開始の合図で降下を始めていた上空のポルヴァーティア軍からは、街の一角が突然光り始めたように見えた。そして飛来する魔力の塊。

「なんだっ、なにが起きた！」

「地上からの攻撃です！　これはまるで、光撃弓のような」

直後、光弾が機体を叩いた。装甲で弾いたものの、かなりの衝撃に姿勢が崩される。

「馬鹿な、やつらにそんな兵器を作れる筈が――」

尚も機体を掠める無数の光弾。斥候部隊の汎用戦闘機や、機動甲冑が奪われたらしいという話は聞いていたが、この砲撃の量はどう見てもそれらの流用では済まない。

第一陣攻撃部隊の指揮官は、有り得ないほどの対空砲火に却って疑問を懐いた。

「いや、待てよ？　連中は確か、投擲型の特殊能力を持っているという話だったな」

「そう聞いています。もしや、この光弾の雨も……？」

奪った機動甲冑の光撃弓を流用しつつ、そこに特殊能力で作り出したまやかしの光弾も混ぜているのではないかと推測する指揮官。今の一撃は、たまたま本物の光撃弓から放たれた光弾が運悪く直撃してしまったと考えれば納得出来る。

「よし、各部隊に通達、散開して目標の中央塔を破壊せよ。その後は任意の攻撃を許可する」

斥候部隊が奪われた機動甲冑や汎用戦闘機に搭載されていた光撃兵器は、全部合わせても十門程度。これだけ大きな街をカバーするには全く足りない。

「中央塔には本物の光撃兵器が集中している筈だ、近付き過ぎてうっかり落とされるなよ？　我々の神聖兵器は強力だからな」

指揮官は味方の士気を鼓舞しつつ、リラックスさせようと冗談めいた言葉を送る。が、応答する各機からの通信は、彼の推測と楽観を打ち砕くモノだった。

『こちら四番隊、味方機の半数が被弾して飛行が安定しない、帰投させる許可を』

『二番隊より報告、空対地光撃砲が破損した機体多数、これ以上の接近は危険だ』

「司令！　三番隊の隊長が被弾して負傷したとの報告が！」

次々と届く損害報告に一瞬思考が停止した指揮官は、司令機の外装を叩く光弾の衝撃で我に返ると、全機離脱の命令を出した。

「一旦離れろ！　聖都の本部基地に連絡後、態勢を立て直してから各方角より同時に攻撃を行う」

第一陣攻撃部隊の戦闘爆撃機は急上昇によって緊急回避しつつ、サンクアディエット上空から離脱していく。何機かは被弾で浮力を失っており、街の外周付近へと不時着を試みる。

引き揚げて行くポルヴァーティア軍の航空機部隊を見て、サンクアディエットの衛士達は気勢を上げる。『対空光撃連弓・改』の射手を務めた衛士が祝砲代わりに光弾を撃ち上げる。

宮殿上層から確認した街の様子や、各所から送られてくる状況報告を受け取った悠介は、ひとまず追い返せたかと軽く息を吐く。今のところ、街のどこにも被害は出ていない。

外周付近に不時着した戦闘機には、エスヴォブス王が指揮下の衛士団から部隊を向かわせているようだ。

「さて、本番はここからじゃのう」

「ですね。どうせ地上からも来るだろうしなぁ」

悠介とアユウカスが次のポルヴァーティア側の動きを予測していると、新たな敵部隊が海岸線を越えたとの報せが入った。

今度は最初の部隊でも見た大型の戦闘機が三十機に、機動甲冑らしき人型を積んだ細長の機体が二十機、それに後部が箱型になった汎用戦闘機と思しき機影が四十機ほどだという。

「また多いな……どう思う？」

「そうですなぁ、お二人の考える通り、最初の部隊が空からの攻撃で牽制しつつ——というところでしょうか」

悠介に意見を求められたヴォーマルは、機動甲冑の規模によるが、地上からの攻撃部隊か、地上部隊の足掛かりに拠点を作りに来た部隊では、と推測する。

汎用戦闘機の仕様について捕虜から得た情報によれば、あれは資材運搬などにも利用されるという事だった。後部が箱型になっている汎用戦闘機は、陣地を構築する為の資材を積んでいるのかもしれない。

「歩兵満載とかだったらやだなぁ」

「まあ、その可能性もありやすがね」

相手がなるべくリスクを抑えようと考えているなら、機動甲冑のような便利な地上戦用の兵器を持っているのに、わざわざ歩兵を投入するとは思えない。

「棄てたい兵でもいるなら別ですがね」

「向こうの統治形態を考えるに、それはなさそうじゃのう」

ヴォーマルの仮定を、アユウカスが否定する。カナン達のように使い棄てが出来る兵を投入したとして、信仰教育による思想統一に縛られていない彼等がポルヴァーティア軍の兵器を持ったまま寝返ったりすれば、向こうも困るだろう。本番で下手に損害を出せば、執聖機関の威光にも傷がつく。

「なるほど」

アユウカスの推察に納得する悠介。カナン達から聞いた限り、『浄伏《じょうぶく》』と称した他大陸への侵攻は、基本的に楽に勝てる相手にしか仕掛けて来なかったらしい。ポルヴァーティア神聖軍はこれまでの戦いで、損害らしい損害を被《こうむ》った事もなかったようだ。今回のように、一方的な『浄伏《じょうぶく》』が進められない展開は、ポルヴァーティア側にとってはかなり異例の事態らしい。

「交渉の糸口はその辺りになる訳か」

「隊長、それはアユウカス殿の言っていた『新しい事実』って妥協案ですかい？」

「まあ、ワシが言ったのは妥協というほどの甘い話でもないんじゃがの」

四大神信仰の欺瞞が暴かれ、身分差も緩和された今のカルツィオのような自由な文化に、ポルヴァーティアの閉じた信仰体制が影響を与える可能性は低い。逆に、ポルヴァーティアの民の方が、今まで存在しなかった『異文化』に影響を受けるであろう事は必至。

ポルヴァーティア側にとって、自分達の支配下に置けないカルツィオは、隣に存在しているだけでじわじわと浸透し、やがて体制を崩壊に至らせる毒のようなモノだと、アユウカスは語った。

「ワシらが呑み込まれん限り、勝算はある。向こうは身動き取れなくなるからの」

「ああー、確かに。カルツィオという対抗勢力を抱えたままだと、また別の大陸にちょっかい出しに行く事も出来ないわな」

「そういうコトじゃ」

悠介とアウユカスの話が丁度一段落する頃、空の敵部隊が別方向からも接近中、との報せが『広伝』で響き渡る。悠介は即座に、先ほどの要領で撃ちまくるよう指示を出すのだった。

一方、第一陣部隊から届けられた緊急連絡の内容を受け、予定の場所に降りて拠点の構築を進めていたポルヴァーティア神聖空軍の第二陣部隊は攻撃目標の街へと偵察隊を出した。

偵察仕様の遠見鏡搭載機動甲冑一機を乗せた汎用戦闘機が低空で近付き、一体どんな対空設備を有しているのかと調べてみる。すると、建物という建物全てに『神聖光撃弓』とよく似た兵器が設置されている事が分かった。

街周辺には浮遊砲台らしきモノも確認出来る。これらが一斉に光弾を放っているのだ。しかも、ポルヴァーティア神聖軍の光撃兵器と比べて若干性能が良いらしい。かなりの長射程に魔力切れさえ起こさず延々と撃ち続けていて、全方位からの接近を試みる第一陣の戦闘爆撃機部隊が、全く近付けないでいる様子が窺えた。

「おいおい……どうなってるんだ」

「なんで蛮族の街にこんな設備が――」

巨大な噴水の如く光弾を撃ち上げ続ける山のような『蛮族の街』。それを呆然と見上げていた汎用戦闘機の操縦者に、偵察仕様の機動甲冑搭乗者から警告が発せられる。

「っ！　まずい、見つかった！」

直後、街の方から光弾が飛んで来た。

「うわっ、やばい！」

「こちら偵察隊、敵に発見された！　これより帰投するっ」

「あの浮遊砲台、地上攻撃にも対応してるみたいだぞ」

至近弾に機体を煽られてひやひやしつつ、偵察隊は第二陣部隊の拠点へと撤退していった。

これらの報告を受けて、カーストパレスの大聖堂では急遽、神聖軍務官達を集めての対策会議が行われた。

報告にあった向こう側《カルツィオ》の光撃兵器は規模から判断するに、以前より配備されていたモノと考えられる。カルツィオの魔導技術は予想より進んでいるのかもしれないと、予測文明レベルを見直していく。

「斥候から奪った汎用戦闘機の光撃連弓を使いこなしていたのは、似たような兵器を既に持っていたからだったという訳か」

「確かに、それなら納得出来ますな」

「あれほどの大規模な防衛設備を見抜けなかったのは、些か油断が過ぎたと反省すべき点である」

うむ、と全員が重々しく頷いた――まさか一日二日の突貫工事で設置されたモノだとは、誰も思わない。

軌道を合わせ始めた二つの太陽が昇りきり、片方がそろそろ真上に来ようかという刻。サンクアディエットでは、散発的にやって来る地上からの偵察隊や、街の上空で『対空光撃連弓・改』の射程ギリギリ付近を旋回する少数の戦闘機の動きを警戒しつつ、人員の入れ換えを行っていた。

何度か接近を試みていた最初の戦闘機部隊は被害が嵩んだのか、諦めて引き揚げていったようだ。

「今は小康状態ってとこか」

悠介が状況を見極めて相手の次の手を探ると、ヴォーマルも頷いて答える。

「地上からの部隊が気になりやすね、偵察に来る頻度が高い」

「ふむ、腰を落ち着けて探りに来られる環境を得たと考えるべきかのう」

アユカウスの言う通り、地上に拠点を作られている可能性が高い。現在は衛士団の部隊がブルガーデンの精鋭団とも協力し合いながら、サンクアディエットから北の海岸線までの平野を調べている。海岸線に駐留している部隊の報告では、時折ポルヴァーティアから汎用戦闘機部隊が飛来している事も確認されていた。

「ユースケー、アユウカスー、飯を持って来てやったぞー」

カートを押す使用人達を先導してきた、ヴォレットの元気な声が部屋に響く。

悠介達が指揮を執っている臨時司令室は宮殿内の上層にあり、交戦中は警備の強化も兼ねて臨時司令室までの廊下はあちこち封鎖されている。だが普段から上層の廊下を走り回っているヴォレットは回り道も熟知しているので、割と自由に出入りしていた。

「暫く前から静かになってるようじゃが、今どんな様子なのじゃ？」

「多分、お互いに様子見してる状態だと思う」

「次にどう出てくるかが問題じゃな。川魚のフライは無いかの？」

ヴォレットの質問に答える悠介をさておき、さっそく食事に手を付けたアユウカスは、『これで交渉に出てくれれば楽なのじゃがのう』と理想を口にしながらも、まだ戦闘が続く事を示唆する。

今のところは高密度射撃による光弾の弾幕でこちらは無傷。相手にそこそこの被害を与えて撃退出来ている。だが、以前に悠介が言っていた通り、この防衛法にも穴はある。そこを突かれると、戦況は一転する。

「闇雲に突っ込んで来て、最後は交渉の持ちかけってパターンが望ましいんだけどなぁ」

「カッカッ。ユースケや、それは向こうの指導者が余程のうつけ者でもなければ無理というモノじゃ」

「アユウカスの言う事はよく分からんが、良くも悪くも無い状況という意味でよいのか？　ユースケの言う穴を突かれた場合の対策は考えてあるんじゃろうな？」

「まあ対策というか、一応向こうの攻撃は『効いてない振り』で誤魔化して凌《しの》ぐってとこかな」

人的被害を最小に抑えながらハッタリでやりくりするという、なんとも小手先の対処法。だが、実際ポルヴァーティアとカルツィオでは技術力の差があり過ぎて、まともに戦ってはどうやっても勝ち目が無いのだから仕方が無い。

向こうからは一方的に兵を送り込んで来られるが、こちらから送り込む事はほぼ不可能な現状では、なるべく早く相手が折れる事を期待するしか無かった。

「ふーむ。しかし追い返せるとて、しょっちゅう敵が飛んでくるようでは、民は落ち着いて仕事も出来んじゃろなぁ」

「その問題があるんだよな……」

ヴォレットの危惧するように、いつまでも厳戒態勢を維持したままでは街の営みが停滞してしまう。どこか壊されてもすぐに修復出来るので街自体にダメージは無くとも、経済的にはジリ貧になっていく。

シフトムーブ網を使った輸送で物資の滞りは防げるものの、農作物の畑や牧場など畜産の壊滅は避けられないだろう。

そういった諸々の理由から、やはり長引けばこちらが不利である事に変わりはなく、交渉の呼び掛けも試みているようだが今のところは梨《なし》の礫《つぶて》。三人で如何にして早期決着へ持ち込むかについて話していると、敵の接近を告げる『広伝』が響き渡った。

「来たか。では、わらわは父様のところに戻るゆえ」

「ああ、気を付けてな」

悠介の指揮の邪魔にならないよう、言葉少なに臨時司令室を出て行くヴォレット。カートを押す使用人達もぞろぞろと後に続く。

ヴォレットが食事を持って来てくれたおかげで、昼飯抜きにはならずに済んだ。

「気配りも出来ておる。良い女王になりそうじゃな」

そんなアユウカスの呟きに、カスタマイズメニューを睨む悠介はただ頷いて応えた。

崩れた建物は光の粒を舞い残して元の姿を取り戻し、砕けた石畳は何事もなかったかのように、整然と続く通りを埋める。

街の被害は想定していた通り、どこか破壊されてもすぐに修復する事が出来たが、砲台を担当する衛士達の被害が思いのほか深刻だった。怪我人の数は予想以上に増えている。

「――北側一区、浮遊砲台二機大破！――」

「――貴族街防壁砲台一機破損！――」

「――ヴォロディエ邸東館砲台、崩落につき使用不能――」

次々と響き渡る被害報告の『広伝』。ポルヴァーティア軍は、昼過ぎから戦術を変えてきた。悠介が恐れていた通り、徹底した射程外からの攻撃に切り替えたのだ。

飛来する戦闘機の数自体は減っていたが、かなりの高高度から『地面に激突すると炸裂する石柱』

を投下するという爆撃が続いている。それに加えて、街の北側に拠点を作られたらしく、そこから長距離の砲撃が行われている。

この砲撃にも炸裂する石柱が使われている。『対空光撃連弓・改』の射程カスタマイズにも限界があるので、遠くからちくちく攻撃されると対処が難しい。

ポルヴァーティア軍が当初わざわざ低空で攻撃を仕掛けて来ていたのは、装備の都合もあるが、カルツィオ側には絶対に手が届かない位置から圧倒的な力の差を見せ付けるという示威的な意味合いもある。

「やっぱ迫撃砲が痛い」

「上と横から同時に攻められておるからのう。地上の敵部隊には今シンハ達が向かっておる」

悠介の感想に答えつつ、カスタマイズ画面を操作してシフトムーブ網でガゼッタの白刃騎兵団を移動させたアユウカスは、テーブル上に広げられた戦略地図にコマを置いて敵地上部隊とシンハ達の位置を示す。

一方、シフトムーブ網でサンクアディエット外周付近に移動してきたシンハ率いる白刃騎兵団は、ポルヴァーティア軍の地上部隊を叩くべく『炸裂する石柱』が撃ち出されている方角へ馬を走らせる。

遮蔽物がほとんど無い平野なので、それはすぐに見つかった。

「あれか。全員馬を降りろ、ここからは足を使う」

十分な距離を置いた場所に撤退用の馬と部隊を残し、風技の移動補佐を纏った白刃騎兵団の精鋭が大地を駆ける。彼等はパトルティアノーストの制圧作戦にも参加していた猛者《もさ》達だ。

今回は対ポルヴァーティア軍用の武器として、機動甲冑が装備していた光撃弓を人間にも扱えるようカスタマイズしたモノを携行している。『邪神の補助装備』も身に着けているので、重い武器を背負ったまま全力で走り続ける事が出来た。

ポルヴァーティア軍の拠点には、四門の大型投擲砲台と幾つかの施設が仮設されている。敷地内には機動甲冑や後部が箱型の汎用戦闘機も、何機か並んでいるのが見えた。作業員か一般兵員か、シンハ達の接近に気付いた者が慌ただしく走り回り、拠点に警報が鳴り響く。

互いに顔の輪郭が確認出来るほどの距離にまで迫ると、拠点の防壁に設置されている光撃連弓から光弾が放たれ、機動甲冑部隊が出撃して来た。その中にはアルシアと思しき姿もある。

「敵の砲台を叩け！　甲冑と女勇者《アルシア》は無視して構わん、というか避けろ」

シンハは部下達にそう命令すると、自ら先頭に立って突っ込んで行った。拠点の周りを駆け抜けながら、光撃弓で長距離投擲砲に設置されている石柱を狙い撃つ。ポルヴァーティア軍の拠点施設は砲台諸共潰しておきたいところだったが、接近戦は機動甲冑とアルシア側に分があるので避ける。

長距離投擲砲に攻撃を集中して破壊した後は、シフトムーブ網のところまで撤退、そのままガゼッタに帰還する作戦だ。

無技の戦士の脚力に風技の移動補佐という磐石の布陣に、それらの効果を底上げする『邪神の補助装備』が加わり、白刃騎兵団の精鋭部隊は生身の人間とは思えないような機動力を得た。

斬り込んで来る機動甲冑を、生身ならではの小回りを利かせて悉く回避すると、拠点の大型砲台に光弾を浴びせてゆく。

この人間用にカスタマイズされた光撃弓も、重量や反動を考えれば誰にでも扱えるという訳ではない。交戦状態の中を駆け回りながら狙い撃つなどという戦法は、身体能力が特に高い無技の戦士ならではである。


投擲砲の砲身に装填されていた石柱が光弾の命中により爆発を起こし、大破した砲台が隣の砲台を巻き込んで倒潰《とうかい》した。

その一帯が炎に包まれる中、拠点施設の作業員達は消火活動を行い、近くに並べてある砲台や石柱を安全な場所に移動させようと走り回る。

「このっ、蛮族め！」

「間違ってはいない」

空間に響くように発せられた機動甲冑からの罵声に、シンハは不敵な笑みで以て返す。

打ち下ろされた重剣の一撃を軽く躱してその機動甲冑の腕に飛び乗ると、搭乗員の息を呑む気配が伝わってくる。シンハはそのまま機体を駆け上がって大きく跳躍、拠点の防壁を超える高さから攻撃弓で砲台を狙う。その光弾は、長距離投擲砲のデリケートな装置が密集している付近に吸い込まれて行った。

ボンッと小さい爆発を起こして煙を吐く砲台。投擲砲の弱点を把握しつつ、光撃弓を発射した際に起きる反動を使って空中で軌道を変えたシンハは、踏み台にした機動甲冑から少し距離を取った位置に着地した。そこへ突っ込んでくる機動甲冑に対して後ろに飛び退ると同時に光弾を撃ちこみ、その反動も回避の足しにする。シンハは新しい武器を完全に使いこなし、敵を翻弄していた。

同じ生身で対抗出来そうなアルシアも、身一つでは縦横無尽に暴れ回る無技の戦士部隊に対応しきれず、今ひとつ振るわない。

正面からやりあえばアルシアの圧勝だが、シンハ達の目的は砲台の破壊だ。アルシアとの交戦を徹底して避ける事で、その任務は無難に達成された。

「引き揚げだ！」

速やかに撤退する白刃騎兵団。ポルヴァーティア軍は拠点の鎮火と混乱の収拾に当たる為、追撃は形だけに留めてすぐに引き返して行ったのだった。

シンハ達の活躍により、サンクアディエットは上空からの攻撃にのみ集中すれば良い状況を得た。

光弾は爆撃機にこそ届かないものの、投下される石柱を撃ち砕けば被害を大幅に抑えられる。

空中で炸裂した石柱の破片が降り注ぐも、『対空光撃連弓・改』に標準装備されている射手を護る盾壁で十分に防げている。そのうち投下する石柱が無くなったのか、高高度を行く爆撃機はポルヴァーティア大陸へと帰っていった。

もう石柱が降ってこない事を確認した砲台担当の衛士達は、疲れた様子で座り込む。

序盤で戦闘爆撃機部隊を追い返した時とはうって変わり、勝ち鬨《どき》をあげるでもなく、誰もが憔悴した表情で沈黙していた。


宮殿の臨時司令室では、カスタマイズ画面に向かう悠介とアユウカスが、街の修繕を行いながらひと息吐いていた。

「やれやれ、何とか凌げたのう」

「でもこの調子で夜間攻撃とかされたら目も当てられんような……」

街に被害らしい被害の痕跡は残していないので、恐らくポルヴァーティア側に対する『効いてない振り』は通じていると思われる。それでも、地上からの遠距離砲撃と高高度爆撃による人的被害は予想以上に大きかった。

カスタマイズによる操作のみで『対空光撃連弓・改』の砲撃を行う事も出来るが、その場合は命中率が著しく下がってしまう。

単に街上空へ近付けさせない為に撃ちまくるだけであれば、まだ当てずっぽうでも何とかなるのだが、高高度から投下される石柱を撃ち砕くにはどうしても射手が必要になる。

伝達系風技による空間把握との組み合わせで正確な位置を捉えて狙い撃つ、という人力イージスシステムには、優秀な『索敵の風』使いが不可欠なのだ。今後、更に地上部隊が増えれば、シンハ達でも対処しきれなくなるだろう。緒戦で驚かせてハッタリを利かせつつ和平交渉に持ち込むという作戦は、早くも破綻を見せ始めた。

静かになった臨時司令室でそんな話をしていた悠介とアユウカスのところへ、伝令と共にヴォレットがやって来た。

「ユースケ、アユウカス、二人とも上の会議室まで来てくれ。今後の対策を話し合うそうじゃ」

やはり昼過ぎからの攻撃による衛士達の被害が大きかったらしく、今の方針のままでは問題があると軍の上層部に判断されたらしい。シフトムーブを使って各砲台の人員交代を済ませた悠介達は、一応監視用にカスタマイズ画面は開いたままにして、臨時司令室を後にした。

エスヴォブス王を上座に、各宮殿衛士隊の隊長と副隊長達がヴォルダート侯らをはじめ宮殿官僚達と意見を交えながら、対ポルヴァーティア戦略について議論を進める。

会議が始まって早々、主戦派からは『こちらから打って出るべきではないか』という意見が挙げられたが、これには講和派が『無謀過ぎる』と反対を表明した。

「第一、あれほどの高い技術力を持つ大陸の国家を相手に、どうやって攻め込もうというのか。兵を送り込む手段は？」

「大地が平行になれば、海を渡れるのでは？」

「向こう岸に辿り着く前に間違いなく沈められる」

「だからと言って今のような受身ばかりでは、徒《いたずら》に被害を重ねるだけだ」

和睦の交渉をしようにも応じてくる気配は無く、『戦えば損をする』と判断させるには相手側にも相応の損害を与えるなり、互角の戦力を示さなくてはならない。

しかし現実は、これから空や海から多くの兵を投入してくるであろう、まだまだ戦力に余裕が見られるポルヴァーティア側に対し、カルツィオ側は最初から後が無い状態。

このままでは相手の侵攻心を挫く前にこちらが潰れるという主戦派の主張は誰しもが理解しているものの、効果的な対抗策が浮かばないのが実情だ。

「少数の精鋭部隊を向こうの中枢に送り込むというのはどうか？」

「ガゼッタがパトルティアノーストを制圧した時のようにか？　彼等の時とは条件が違いすぎる」

相手の街の情報全般、構造や中枢施設の位置、重要人物の所在や人相すらも分かっていないのだ。

敵兵力の配置など警備状況も不明。何よりも部隊を送り込む手段が海を渡って行くしかない現状では、作戦自体が成り立たない。

「だが……何か対策を取らねば、我々は滅ぼされる」

「さりとて、どう対応すれば良いのやら」

「ユースケ殿、貴殿には何か良い案はありませんかな？」

皆の注目は唯一対抗出来そうな存在、闇神《ユースケ》隊長に向けられる。

「んーー……」

黙って議論の行方を見守っていた悠介は腕組みしながら唸ると、ひと言。

「無い――ってのは冗談ですが、何とか出来そうな人に心当たりがあるんで、連絡が取れるまで待って貰えますか」

ややもすれば悲壮感すら漂い掛けていた会議の重苦しい雰囲気を、軽く往《い》なすように答える悠介。

隣のアユウカスが『ああ、疲れておるのじゃなぁ』と思いやりも篭めたジト目で肩を竦める。

格式を重んじる一部宮殿官僚らは、緊張感の無い悠介の態度に何か言い掛けたが、ヴォルダート侯がフォローに入った。今は質問の応え方や意見の出し方に格調がどうのと言っていられる状況では無いのだ。

「それは、有効な手立てがある、という事かね？」

「手立てといいますか、伝手《つて》といいますか、向こうの中枢まで確実に潜り込める人材が一人」

『ほぉ』と静かなざわめきが会議室に広がる。諜報に抜け目の無い者達は、その人物におおよその見当をつけていた。詳しい経緯は明らかにされていないが、最初の斥候との戦闘に介入して以降、宮殿でも度々闇神隊長の近くで目撃される、黒い髪を持つ謎の少女である。

現場にいた衛士達の証言によれば、その少女は漆黒の翼で空を自在に飛び、重傷者の傷を一瞬で癒したという。それどころかポルヴァーティアの勇者とされる戦士が放つ鬼神の如き攻撃に些かの揺らぎも見せず、ひと撫でで相手の武器を砕くと、稲妻を纏った一撃で沈めたとまで伝えられている。

「我々は彼女に関する情報をほとんど持っていないので判断が難しいが、信頼出来るのだろうね？」

「少なくとも『カルツィオ』の味方はしてくれるみたいですよ」

悠介は朔耶の立場をあくまでも、今回の戦いでカルツィオ側に『協力してくれる人』とした上で、助力を求めてみると話したのだった。

その後は、対ポルヴァーティアの戦略にこれといった妙案が挙がるでもなく、街の防衛で他国の兵士をどこまで受け入れるか、といった細かい人事を話し合って会議は終了した。

闇神隊長の伝手に関しては当人の来訪を待つしかなく、話が付いたならエスヴォブス王に報告が届くだろう。

解散して各々が持ち場へと戻って行く中、臨時司令室へ足を向ける悠介とアユウカスに、ヴォレットが並ぶ。

「そう言えば、わらわはまだ会った事がなかったが……そのサクヤという者、ユースケの同郷の者という事だったな」

「ああ、隣町の隣町くらいのところに住んでる人だったよ」

元居た世界の話が聞けて懐かしかったと微笑む悠介に、少し複雑そうな表情を見せたヴォレットは、おずおずとこんな事を尋ねた。

「ユースケは、その……帰りたくなったりは……せんのか？」

「ふむ。ちょっと前までは多少そう思うこともあったけど、今はそうでもないかな」

「そうなのか？」

「まあ元の世界にもちゃんと俺がいるみたいだし、都築さんを通じて近況とかも聞けるからな」

悠介は今や望郷の念よりも、心残りを払拭出来た感がある。朔耶のように自由に行き帰り出来るなら、ちょっと帰ってみようかという気にもなるであろうが、そうでないなら今日まで生きて来たこの世界を棄てて帰る事など考えられない。

「ヴォレットが立派な女王になるところも見守らなくちゃならんしな」

「ゆ、ユースケ……」

珍しく頭を撫でてつけてくる悠介に、驚き半分悦《よろこ》び半分なヴォレット。それを微笑ましげに見ていたアユウカスが、少しいたずらっぽく言った。

「仲睦《なかむつ》まじいのう。ワシの頭も撫でてみんか？」

「いやぁ、なんか恐れ多くて無理っす」

「なんじゃ、ケチンボじゃの」

「ケチンボて……」

三千歳の子供に拗ねられてもリアクションに困る、などと悠介が思っていたその時——

「ロリキラー……」

「違います」

——どこからともなく現れた朔耶にそんな事を呟かれて、悠介はとりあえず否定しておく。

「な、なんじゃっ」

「ふーむ、話には聞いていたが、本当に唐突な現れ方をするのう」

宮殿の廊下に光臨した来訪者、都築朔耶。カルツィオの存亡をかけた戦いへの協力を求める前に、邪神悠介はまず、自身の性癖に関する潔白を説明するところから始めたのだった。

第八章　戦女神の提案

　四人は臨時司令室に場所を移した。同郷の者と故郷の話もしたいのではないかと案じたヴォレットは、気を利かせて席を外そうとしたが、仕事を優先する悠介から、一応フォンクランクの王族が同席していた方がいいだろうと言われ、この場に止まった。

　悠介から朔耶に求めるのはポルヴァーティアに対抗する為の協力で、具体的な内容はこれから話し合う。

「協力はするけど、そういうのってエライ人達が集まってる場で議論とかして、詰めていかなくちゃいけないんじゃないの？」

「偉い人ならここに二人ほどいるから問題なし」

　悠介はそう言って、ガゼッタの代表でもある里巫女とフォンクランクの王女を指す。悠介本人も、今は対ポルヴァーティア戦略で重要な役割を担う割と偉い人な立場にある。

「今日の戦闘で、やっぱり今のままじゃ持たないって事が分かってね。思いきった対策が必要になったんだ」

「前に言ってた、あたしが直接乗り込んで向こうの指導者を云々するって話？」

「いや、向こうの指導者はよっぽど問題が無い限りそのままにして置くというか、向こうの住人が最終的に決めるというか……」

「ほうほう」

悠介は以前アユウカスとも話した、ポルヴァーティアが抱える内紛の火種となり得る勢力に干渉する事で、内部崩壊に近い状況を作り出す戦略のイメージを説明した。

「元他大陸の人達に反乱呼びかけるとか？」

「というか、最初はそんな感じで考えてたんだけど――」

ポルヴァーティア軍の侵攻を跳ね返す事で、執聖機関の立場を揺るがし、『カルツィオは労働力としてポルヴァーティアを支える元他大陸の住人、下級市民層の決起を呼び起こす象徴になり兼ねない』と判断させて交渉の席に引っ張り出す。

そこで『カルツィオは不浄大陸ではなかった』という『新たな真実』を公表させ、執聖機関の立場を維持しつつ、カルツィオと共存していける体制の構築を受け入れさせる、というのが当初の目論みだった。

その後で水面下の工作合戦を仕掛ければ、ポルヴァーティア側の内部はガタガタになる。崩壊にまでは至らずとも、執聖機関による統治は生粋のポルヴァーティア人のみの規模となるところまで縮小させられたかもしれない。

「その大前提が崩れちゃってさ」

「なるほどね。あたしも似たようなこと考えてたけど……そっか、武力が拮抗してないと、そもそも交渉に応じて来ないって問題があるのね」

ポルヴァーティアの反体制勢力に働きかけて内紛を呼び起こしても、外に脅威がなければすぐに鎮圧されて終わりだ。反乱側を支援して長引かせたところで、泥沼になれば徒《いたずら》に犠牲者が増えるだけ。それこそ、どちらかが滅亡するまで終わらなくなってしまう。内部崩壊を誘うにしても、出来る限り穏便に済ませたい。

「何かいい方法あるの？」

「一応考えてるんだけど、実際にそれが出来るかどうかを調べる為に向こうへ潜入したいんだ」

「ちょっと待て、ユースケ！　まさかお前自ら乗り込むつもりなのか⁉」

「ほう、中々大胆じゃのう。しかし——お主がここを離れれば、街の被害は計り知れんぞ？」

朔耶に答えた悠介の言葉にヴォレットが驚きを露にし、アユウカスは悠介がサンクアディエットを離れた場合のリスクを問う。

シフトムーブ網や街全体のカスタマイズ管理が使えなくなってしまうので、その間に今日のような攻撃を受ければ、サンクアディエットの街は一日で瓦礫の山と化すだろう。

「うん。だから問題は、俺が居ない間の攻撃をどうやって停止させるかだな」

もし自分の考えている通りの事が出来るなら、向こうに潜入したその日の内に、二大陸間の戦いをひとまず終わらせられる、と悠介は豪語する。

「一応聞くけど、幹部の暗殺とかじゃないよね？」

「ない。つーか基本的に誰も死ななくて済むし、多分怪我人もほとんど出ないと思う」

『上手くいけば、の話ではあるが』と補足する悠介に、朔耶は一体どんな妙案を思いついたのかと興味を引かれたようだ。

ヴォレットとアユウカスも同じらしく、詳しい内容を催促する。

「ユースケの事じゃから、また突拍子もない策を考えてそうじゃな」

「んー、それほど目新しいやり方でもないんだけどね。前に一度似たような事やってるし」

『大して目新しくない方法』とはいっても、それは悠介の持つ概念からすればであった。とりあえず簡単に作戦の概要を説明された朔耶は『本当にそんな事出来るの!?』という反応を示した。

ヴォレットとアユウカスは『なるほど、あれをやるのか』と納得している。

「あれだけ大きな街なら、十分足りると思うんだ」

「うーん、それが出来るんなら……前もって向こうの街の詳しい情報とか必要よね？」

「どの辺りにどんな施設があるのかさえ分かれば、詳細は分からなくてもＯＫ」

カーストパレスに関する情報は、捕虜のカナン達から聞き出す予定だ。後の細かい部分は現地に行って確かめる。この作戦を進めるに当たっての問題は二つ。

「一つは俺が居ない間の街の防衛。もう一つは、そもそもどうやって向こうの街に潜入するかってとこかな」

「ふむふむ、そこであたしに協力を求めたって訳ね」

潜入には朔耶が悠介を抱えて直接空輸するという手もある。『精霊術的なステルスモード』を使えば、誰にも気付かれず、大聖堂の天辺にだって降りられるだろう。

攻撃の停止については、アルシアに協力を求める案が朔耶から挙げられた。

「アルシアに？」

「そ、これから届け物に行くんだけどね。その時にちょっと相談してみるよ」

そんな朔耶の言葉に、アユウカスが疑問を呈する。

「あの娘なら確か今はポルヴァーティアの地上部隊と共にこちらへ来ておる筈じゃが」

「あれ？　そうなんですか？」

アユウカスからポルヴァーティア軍の拠点について話を聞いた朔耶は、それなら後で直接そちらを訪ねる、とおよその位置を教えて貰うのだった。

「ところで、悠介君さぁ」

「うん？」

ずずいと顔を寄せてくる朔耶に『なんだろう？』と小首を傾げる悠介。じっと観察していた朔耶は悠介の反応を見ておもむろに尋ねる。

「なんかちょっと雰囲気変わった？」

「あ、それはわらわも感じておった」

「ワシも気付いておったぞ」

「……」

アユウカスとヴォレットからも口を揃えて『昨日までとは何かが違う』と指摘され、ここは何と答えれば良いものかと悩む悠介なのであった。


朔耶が宮殿から飛び去った後、協力を取り付ける事が出来た報告と、作戦計画の概要を説明しに、悠介達はエスヴォブス王のところへ向かう。

ヴォレットはもう少し朔耶とゆっくり話してみたかった、と残念そうにしている。

「また機会はあるよ」

「まあ、そうじゃな。今は落ち着いて話を聞けるような状況でもないしの」

肩を竦めながら納得するヴォレット。

「ところでユースケや、さっきお主が話した作戦じゃが、やはり兵器工場は全て潰すのか？」

「潰します。そうしても多分ある程度の武器は簡単にまた作られるとは思うけど、ある程度以上の危険度のモノじゃなければ全体のバランスは保てると思うし」

アユウカスの問いに、悠介は自分の思い描く作戦発動後の世界の治め方、というか収拾の付け方を語った。基本的には上の人達に丸投げとなるが、そのお膳立てとして、発生しうる諸問題は出来るだけ事前に防げるよう対策を講じておくのだという。

「なるほどのう」

うむうむと頷いたアユウカスは内心で、五族共和構想を実現に導き、己が望む世界を創り上げた悠介の在り方は、今も変わらないと感じていた。邪神の変革は未だ継続中である、と。


翌日。二日続けて明け方から街上空に現れたポルヴァーティア軍の爆撃機は、対空光弾の届かない高高度で旋回しながら、爆裂する石柱の投下を始めた。

しかしサンクアディエット側は、地上からの砲撃を警戒する必要がなくなり、降ってくる石柱の迎撃にのみ集中すれば良くなったお陰で、昨日ほど酷い被害にはならなかった。

砲台担当の衛士達が風技で補足して狙い撃つ事に慣れるにつれて、命中精度も増していく。この日の爆撃が終わる頃には、地上まで到達する石柱爆弾の数も両手で数えられるほどにまで抑えられていた。

「これならそのうち完封出来るかも」

「そうじゃな、しかし今日の結果に喜んでばかりもいられまい」

時間が経てば経つほど、地上に侵出してくる部隊も増える。海路も使われるようになれば、更に多くの兵力がカルツィオの地に投入されるだろう。

「余裕ができた今の内に、例の作戦を進めるのが良いじゃろうな」

「そうですね」

ポルヴァーティア軍は今日も暗くなる頃には引き揚げていった。今回の戦闘で、高高度からの爆撃に対してはカスタマイズによる管理が無くてもどうにか対処出来ると分かったので、潜入作戦は夜間に決行しようか、と話をしていたところへ、来訪者が光臨する。

「あ、いたいたっ、悠介君！」

「あれ、都築さん」

今日は唐突に現れるという事も無く、普通に扉から駆け込んで来た。

「大変大変っ、アルシアちゃんから聞いたんだけど、明日から大攻勢が掛かるって！」

少し慌てた様子の朔耶がもたらしたのは、僅かながら戦況を楽観視し始めていた悠介達に冷や水を浴びせるような情報だった。

昨夜、拠点に居るアルシアを訪ねた朔耶は、攻撃を一時停止出来ないかと持ち掛けた。しかし返って来た答えは、アルシア自身には指揮権が与えられていないので部隊の作戦には干渉出来ない、というもの。それでも、大神官に直接進言出来る立場にあるので、上に掛け合ってみるという協力は取り付けられた。

しかし今日になって、またアルシアのところに出向いて結果を訊ねてみたところ、大神官から大攻勢に出る話が告げられた、という返事だったという。その前哨戦として、今夜から明け方に掛けて夜通し爆撃が行われる予定まであるとの事。

「げっ、マジすか!?」

「マジっぽい」

地上の拠点には攻撃目標の正確な座標を割り出す役割もあったらしく、昨日と今日で位置を記録したので、今後は昼夜を問わず爆撃の波状攻撃が仕掛けられる。

「海からも部隊を送る準備してるって」

「うわ～……」

まさに最悪と言える事態に呻《うめ》く悠介。参謀役のヴォーマルは、今日の攻撃は終わったと気が抜けているであろう砲台担当の衛士達に、警戒を怠らぬようにと伝令で指示を出している。

年の功か、一番落ち着いているアユウカスが悠介に行動を促した。

「ユースケや、例の作戦を仕掛けるなら今夜しかないぞ」

「でも、爆撃があるって……」

風技の補足による石柱爆弾の迎撃には、目視での補正も含まれる。慣れない夜間爆撃に昼間のような迎撃率を維持出来るとは思えず、カスタマイズ管理の補佐無しでは一晩で壊滅させられ兼ねないと、悠介は街を離れる事を躊躇する。

されど、このまま留まれば大攻勢から街を護る為に一刻も離れられなくなり、ポルヴァーティアに潜入するチャンスも失われてしまう。

一晩は持ち堪えてくれる事を信じて作戦を決行するか、防衛に留まって別の手を考えるか——

「分かった、街はあたしが護る」

「え？」

——どうするべきかと逡巡する悠介に、朔耶が一つの解決法を提案した。


サンクアディエットの捕虜収容所にて、ポルヴァーティア神聖空軍偵察部隊長のカナンは突然やって来た闇神隊長と黒髪の少女から急遽協力を求められ、困惑していた。

「悠介君をポルヴァーティアまで運んで欲しいの。アルシアちゃんにも協力を取り付けてあるけど、アルシアちゃん飛行機の操縦が出来ないから」

「アルシアが……？」

朔耶が自身の精霊と相談して考え出したという提案に乗った悠介は、上への報告をアユウカスとヴォーマルに任せて行動に移った。

戦闘機パイロットであるカナンを連れて、地上のポルヴァーティア軍拠点まで出向き、ポルヴァーティア軍の部隊服を着て変装した悠介が、アルシア達と一緒にポルヴァーティアに渡る。危険ではあるが、朔耶にサンクアディエットの防衛を任せつつ、カーストパレスに潜入するにはそれしかない。

朔耶がカナンを説得している間に、悠介はカスタマイズメニューを開き、シフトムーブ網と繋いでいつでも移動出来るよう準備を整えていた。

「ポルヴァーティアを滅ぼさずに変えてくれるんなら、協力する」

「ありがとう」

夜間攻撃がいつ始まるか分からない。悠介は、話が付いたならばとにかく急げとばかりにカナンの軍服一式や備品を返還して、即時シフトムーブを行使する。

街の捕虜収容施設にいた筈なのに、カナンと朔耶は突然周囲が夜の平原に変わった事に驚くばかりだ。

「驚いたな……今のがアンタの力なのか」

「いや～実際に体験してみるとびっくりするね」

世界渡りで突然景色が変わる経験には慣れている朔耶も、自分のタイミング以外でそれが起きると、やはりびっくりするそうな。

「とりあえず、ここからは動力車でポルヴァーティア軍の拠点まで行く事になるけど、都築さん」

「ん、任せて。ステルスモードで気付かれないようにするよ」

朔耶の答えに頷いた悠介は、カスタマイズメニューを開き、シフトムーブ網に置いてある資材を使ってその場で動力車を組み上げる。これにも『なにそれっ！』と驚かれたが、既に何度も通った道だけに涼しい笑みで流し、二人を乗せてハンドルを握った。後部座席でカナンが自分の軍服に着替えている間、悠介が動力車を運転し、朔耶が『精霊術的ステルスモード』なる術で動力車ごと丸々包んで、周囲から見えないように偽装する。

平野を走ること暫く、拠点の灯りが見え始めたところで動力車を降りた悠介達は、徒歩で拠点内に潜入する。姿が見えていないとはいえ、出入り口を見張る警備兵の前を緊張しながらそそくさと歩いて通過すると、奥に並ぶ居住施設テントの一つに潜り込んだ。

「あっ、男性陣、回れ右」

「うおっ」

「おおっと」

「ん？」

朔耶に届けて貰った故郷の御守りを首に下げ、着替えのシャツを頭から被っていたアルシアが、ふいに聞こえた声に振り返る。

「やほー」

「サクヤ……って、後ろに居るのは――カナンさん!?」

「よ、よう」

背中を向けながら、ひょいと片手を上げて挨拶するカナンに、アルシアは慌ててシャツを下ろす。何というタイミングで、そして何故に彼をここへ連れて来たのか問おうとして顔が赤くなったアルシアに、朔耶はもう一人を紹介する。

「実は悠介君も居ます」

「えーと、こんばんは？」

「っ！」

あまりに急な事態が重なり、着替えを見られた事を怒るべきか、あの日散々弄ばれた恨みを晴らすべきか、まずは朔耶の意図を訊ねるべきかと、少々混乱するアルシアであった。

話は通してあったんじゃないのか？　と問うカナンに、朔耶は二人を連れて来る事までは話していなかったと説明している。

実際この作戦は、朔耶が『大攻勢』の報せを持って来てくれた事で立てられた、緊急処置のようなモノだ。

「とりあえず『勇者の力』で突っ込むのはナシな」

「ぐぬぬ……」

光を纏いながら、拳を握って唸る『勇者』アルシアに、『戦女神』朔耶を盾にして先手を打っておく『邪神』悠介なのであった。

第九章　ポルヴァーティア潜入

ポルヴァーティア軍の大攻勢が始まる前に決着をつけるべく、自ら敵地へ乗り込んだ『邪神』悠介は、ちょっとしたハプニングはあったものの、お互い狭間世界の精霊に喚ばれた者同士として、『勇者』と顔を合わせた。

砂浜での戦闘以来、改めて悠介と向かい合ったアルシアは、悠介の佇まいが思っていたような策士風ではなく、何だか普通の人に見える事に戸惑う。

それこそが策士の証かと牽制してみれば――

「概ね見たままのイメージで間違ってないよ」

と、基本的に一般人であると主張された。彼も自分と同じく召喚された際に力を与えられただけの、元はごく普通の人間。冒険者を目指していたアルシアよりも、更に正真正銘の庶民と言える人物だった。

構えていた分、拍子抜けしたアルシアは、溜め息を吐いて肩を落とす。

「なんだか、私だけ空回りしていた気分だ」

「それも概ね間違ってないかな」

「っ！」

さらっと辛辣な同意をかました悠介をジロリと睨むアルシアだったが、反論出来ずに唇を咬む。それを見た悠介は、反応が面白いなぁと朔耶の背後に避難した。

「そこであたしの後ろに立たない」

遊んでないでさっさと作戦決行に向けて行動しなさいと、サクヤシールドを活用する邪神を追い立てた朔耶は、アルシアに『悠介の潜入作戦』について説明を始めた。

悠介はカナンとポルヴァーティア神聖軍基地のどの辺りに下りるのが無難かと話し合う。悠介の作戦を聞かされたアルシアは、腕組みをしながら唸る。

「なるほど……私を護衛に使うとは大胆な方法だ。だが、それでこの戦いを止められるなら、協力しよう」

「ありがとう、アルシアちゃん」

「けどまあ、本当に強引に止めるだけだから、そこから上手く回していかないと後々問題も出て来そうだけどな」

まずはとにかくポルヴァーティアのカルツィオ侵攻を止める。その後の事はそれから考えようと悠介が締め括ると、アルシアも承知する。そこでカナンの準備も出来たので、拠点敷地内に並ぶ汎用戦闘機から、適当に空いている機を選んで乗り込む事になった。

拠点で作業をしている兵士達の間を、勇者アルシアが颯爽と通り過ぎる。信徒でもある神聖軍兵士からは、相変わらず羨望と尊敬の眼差しが向けられている。

二人の若い神聖軍兵士を引き連れて輸送機の発着場へとやって来たアルシアは、見張りの兵士に急ぎの用でカーストパレスに戻らねばならないと話して、汎用戦闘機を一機使用すると告げた。

了承して送り出そうとした見張りの兵士はふと、後に続く若い兵士の徽章に目を留める。

「待て。お前の所属は戦闘爆撃機部隊のようだが、何故いま拠点《ここ》にいるんだ？」

先導するアルシアに付き従う形でカナンと並び歩いていた、『神聖軍兵士』に変装中の悠介は、そう声を掛けられて戸惑う。

この軍服は街の近くに不時着した最初の爆撃機部隊の兵士達のモノから適当に見繕って来たので、所属を示す徽章の事など考えていなかったのだ。

カナンも急な協力依頼から即移動に入ってバタバタしていた為、悠介の変装の不備を見落としていたようだ。

なんと答えるべきかと迷う悠介。ステルスモードですぐ傍をついて来ていた朔耶も、周囲に他の兵士達の目があるのでどう対処しようかと困っていた。その時、機転を利かせたアルシアの怒鳴り声が響く。

「急ぎの用だと言った筈だ！」

「ひ……っ、も、申し訳ありません！」

それは『勇者の波動』なのか、アルシアの立っている辺りから波紋のように広がるピリピリとした感覚が、兵士達の身体を駆け抜ける。見張り役の兵士はアルシアの一喝に震え上がって縮こまる。

周囲からも、少し考えれば何か事情があって勇者様と行動を共にしている事ぐらい分かるであろうものを、と冷たい視線を向けられた兵士は、すっかり消沈してしまった。今の内に出発するべく、悠介達はそそくさと汎用戦闘機に乗り込む。どうやら上手く切り抜けられたようだ。

「勇者様を煩《わずら》わせて怒りを買ってしまった……ああ、大地神ポルヴァよ、お許しを」

拠点から飛び立つ汎用戦闘機を見送りながら、件の兵士が自身の信心不足に懺悔《ざんげ》を捧げていた時

「ああ……きっと横暴で嫌な女だと思われたに違いない……」

「いやいやそんな事ないって、すげー機転で助かった」

「そうそう、キリッとして凛々《りり》しかったぞ、キリッとして」

当のアルシアも自己嫌悪に落ち込み、偵察部隊長と邪神にフォローされていたりするのだった。

三人が無事ポルヴァーティアへと飛び立った事を確認した朔耶は、サンクアディエット防衛の為にここで引き返す。

カナンが操縦する汎用戦闘機の窓際にちらっとだけ姿を現して手を振ると、スーッと姿を消しながら離れていった——幽霊みたいでちょっと怖かったとの思いを懐いたのは、勇者か邪神か。


移動中の機内で気を取り直したアルシアは、とりあえずまだ大まかな説明しか受けていない悠介の作戦について、改めて詳細を訊ねる。今把握している作戦の概要は、ポルヴァーティアに潜入した悠介が大異変を起こすまでの間、アルシアが護衛に就くというところまでだ。どういった手順でカーストパレスの中枢区画に忍び込み、必要な情報を得るのか。また他に協力者がいるのかなどを確認しようとするが……

「いや、それで全部だけど」

「……は？　たったコレだけなのか？　街の施設に関する情報の入手方法は？　そもそも中枢への侵入路はどうやって確保する？」

「その辺りは触れれば大体分かるから大丈夫。多分俺の能力について説明した方が早いかな」

悠介は自身に宿る不思議能力、『カスタマイズ・クリエート』について話をした。

あらゆる物体に干渉し、変形させたり性質を変えたり出来る邪神の力。建物などは勿論、たとえそれが巨大な街であろうとも、ひと繋がりとなった『物体《アイテム》』ならその全ての把握が可能。そして街の端っこにでも辿り着ければ、そこからシフトムーブを使ってどこへでも行けるのだ。通路や扉、階層も関係なく、入り口からいきなり最深部に移動する事もである。

「なるほど……私を翻弄した術は、そういう仕組みだったのか」

戦場となった砂浜は、丸々邪神の掌の上だったのだ。

あの時はカナン達を助けなければと必死だったので気付かなかったが、後から考えてみれば色々冷静さを欠いていたと、アルシアは自分の行動を省みる。

ともあれ、聖都カーストパレスは悠介達がカルツィオから見上げた時に感じた通り、街の隅々まででしっかり整備されているひと繋がりとなった巨大な街だった。カスタマイズ能力を駆使すれば割と自由に行動出来ると悠介は睨んだ。

「それで、向こうに着いたらまずどうする？」

「街の構造とか全部把握して弄るのには流石に時間が掛かるから、静かで安全に潜める場所の確保かな」

アルシアの問いに悠介が答えると、カナンが潜伏場所について提案した。

「なら一般民居住区に丁度いい場所があるな、そこへ行こう」

休暇などで街に下りて過ごす時に使っている、カナンの家があるのだという。三人でそんな相談をしていた時、機内に味方の接近を告げる警報が鳴った。窓から夜空に目を凝らせば、複数の黒い影が密集して飛んでいる。

「あれは？」

「特殊爆撃機部隊だ。上はかなり本腰みたいだな」

悠介の問いにカナンが答える。どうやらサンクアディエットへ夜間爆撃に向かう部隊らしい。

昼間の高高度爆撃をやっていた部隊の中でも特に手錬《てだれ》の者を集めた精鋭で、設立されてからこれまで全ての作戦で勝利を収め、一機たりとも撃墜を記録した事のない超エリート部隊だという。

「街は都築さんが護ってくれる。ポルヴァーティアへ急いでくれ」

上空を通過する爆撃機部隊を一瞥した悠介はそう言って、街灯りが見え始めた前方のポルヴァーティア大陸へと向き直った。

神聖空軍基地の一角に、箱付きの汎用戦闘機が着陸。不浄大陸まで拠点を構築しに出撃した地上部隊の機体である事が確認されると、資材運搬用機体の格納庫が並ぶ一帯まで誘導を受ける。

誘導役の兵士が操縦席のカナンに声を掛けた。

「一機だけですか？」

「そうだ、人員の輸送で帰還した。さっき上で特爆《とくばく》とすれ違ったんだが、大攻勢は近いのか？」

「ええ、地上部隊も準備しているようですよ」

カナンは神聖空軍兵士なら誰もが憧れる特殊爆撃機部隊と大攻勢の話題を振る事で、帰還目的や輸送してきた人員についての詳細な説明を誤魔化す。その隙に、アルシアは悠介を連れて格納庫へと移動する。

今後の展開についてカナンとの雑談に興じている兵士は、勇者アルシアが搭乗していた事に少し驚いたようだった。が、彼女が付き添っている前線から脱落してきたのであろう若い兵士に対しては特に不審を懐く事もなく見過ごした。

「初陣の若輩が戦線離脱といったところですか、勇者殿に介抱されるなんて羨ましい限りですね。きっと将来良い思い出になるでしょう」

「ああ、そうだな」

素で頼りなさげな悠介の見た目が、意外なところで効果を発揮したのだった。

整備中の汎用戦闘機が鎮座する格納庫を抜けて、基地施設内に入ったところで悠介とアルシアはカナンを待つ。通路を行き交う兵士達は皆、今回の大攻勢について話し合っている。

「大攻勢を掛ける浄伏《じょうぷく》なんて、経典でしか習った事ないよな」

「ああ、それだけ穢れの深い大地なんだろう。なにせ混沌の使者が三人も居たって話だ」

「それぞれ『破壊』と『幻惑』と『障壁』を司る使者だったか？　破壊の使者は勇者殿が倒したようだが、障壁の使者が厄介らしい」

ポルヴァーティア軍の中ではカルツィオの大地に存在する『混沌の使者』をそれぞれコードネームで呼んでいる。

勇者と互角に戦える力を持つ『破壊の使者――紫髪の小さき者――』

勇者の攻撃をも塞き止める『障壁の使者――黒き翼を持つ者――』

勇者を翻弄して進撃を阻んだ『幻惑の使者――大地を操りし者――』

「『幻惑の使者』が使う特殊能力は支援系のようだから、他の二人が居なければ大した脅威ではないそうだが」

「明日からの大攻勢で『障壁の使者』の動きを封じて、その間に聖機士隊の地上部隊を投入する作戦らしいぞ」

「予定通り浄伏《じょうぷく》が進めば、俺達も蛮族の掃討に駆り出されそうだな」

基地内で待機任務中の兵士達がそんな会話を交しながら、通路脇のベンチに腰掛ける悠介達の前を通り過ぎて行った。ちなみに、神聖軍の機動甲冑が『幻惑の使者』の力で無力化された事に関しては、一般兵には伏せられている。

「聞こえたか？　お前、侮られているようだぞ」

「おお、ラッキー。侮り大歓迎」

「……」

ひそひそと潜めた声で語り掛けて悠介の反応を窺ったアルシアは、その身もフタもない明け透けな反応に沈黙する。

言葉を失ったというよりも、悠介の在り方を掴みきれず戸惑いを持ったといったところだ。

（単なる臆病者なら、こんな大胆な作戦を仕掛ける筈もないし……プライドが無い？　いや、逆に器が大きいのか？）

些細な事など気にも留めず、上辺の名誉や誇りよりも実益を取る。そう考えれば、あの砂浜での戦い方も、自軍の部下にほとんど怪我人を出さず、自身も消耗せず、相手や第三者《サクヤ》にのみ消耗を強いて目的をちゃっかり達成した策士ぶりも頷ける。

（あれほどの力を間近で実感した筈なのに、会えばごく普通の人間だと思わせる偽装力――そういう事か）

概ね、悠介の身の回りで繰り返されてきた勘違いの輪に片足を突っ込んでしまっているアルシアなのであった。

ポルヴァーティアで現統治機構に不満を持っている層は少なくない。悠介達はこれから彼等に、決起と独立の機会を与える。それも武力衝突によらないという、思い切った方法で。

大聖堂や各施設の出入り口をカスタマイズ能力で封鎖し、要人達を閉じ込めてしまうだけでも、カーストパレスは麻痺状態に陥る筈。

そこを急襲するのではなく、自壊させる。神聖軍の力を奪うのだ。

「狙いは分かるが……下級市民達を支配している層が彼等を押さえつける力を失えば――」

結局双方に多くの犠牲を出すのではないかと、アルシアは懸念する。しかし、じっくり策略を練って事を進めるには時間が足りなかった。

空軍基地を後にした悠介達は、カナンの家があるという一般民居住区に向かっていた。一般信徒の服を纏い、目立たないよう下街にあたる場所を通る。

カナンが普段よく部下達と訪れている憩いの区域で、繁華街のような場所。装飾も少なく機能的で、コンクリート製の建物にも似た雰囲気の街並みだ。

雑然とした下街を見渡す悠介は『結構普通に暮らしてる人もいるんだな』と、通りを行く一般民の姿を眺めながら呟いた。すると、カナンが肩を竦めながら言う。

「ここだってまともに暮らしてるのは一部さ」

上級市民区となるこの区域では二等市民、三等市民の一般民が生活している。店があったり並木道が通っていたりと、この辺りはまだ『普通』だが、下級市民区に入ればガラリと雰囲気が変わるのだ。

下級市民区は全体が工場のような造りになっており、住人は常時労働の為の環境に置かれているような状態にある。

大聖堂の立つ中枢区で働く一等市民。上級市民区に住む二等、三等市民。下級市民区に押し込められた元他大陸の民族達。それぞれ、生活様式や環境が根本的に違っている。

一般民の生活という、人々の営みが見られるのは、上級市民区の一部だけに過ぎない。

中枢区では信徒達による奉仕活動が彼等の生活そのものであり、下級市民区では元他大陸の民達が『奉仕』という名の強制労働に従事させられている。

最大多数の下級市民を最底辺の労働力として使い、その半数にも満たない上級市民が消費と生産を回して社会を確立させる。

そして更に少数となる中枢の層がそれらを支配しているという構図が、カーストパレスを形成していた。

「この家だ。一応生活に必要なモノは揃ってるが、備蓄はあまりないぞ」

表の通りから路地に入って、少し奥まった場所にある扉の前に立ったカナンが、扉脇のパネルにカード型の鍵を差し込む。

スライドさせて認証するタイプではなく、差し込んで回すタイプのようだ。

「どうせ今日か明日中には決着つけなくちゃならないから、一日身を隠せるならそれで十分だよ。おじゃましまーす」

「今日明日中か……お前やサクヤを疑う訳ではないが、どうにも実感がわかないな」

悠介の話では、一日や二日どころか、一晩でカーストパレスに大異変を起こすというのだ。悠介の力については説明を受けたので、何をどうしようとしているのかはアルシアも理解出来るものの、やはり想像出来ない。

家の中でひと息吐く三人。悠介は適当な椅子に腰掛けると、早速カスタマイズメニューを開いて街の全容を調べ始めた。

通りの雑踏が微かに聞こえてくる。悠介が街全体を把握する作業を進めている間、アルシアはこれからの事を考えながら、カナンが用意してくれたお茶を片手に居間で静かなひとときを過ごす。

よく目を凝らして見れば、アルシアにも薄《うっす》らと悠介の正面に浮いている光の枠が視える。

その枠の中に映し出して手を加えた像を、現実の世界に反映するという不思議な力。もし、自分がそんな力を持っていたらと想像してみたアルシアは、好みの装飾品や冒険に必要な道具などの小物作りをしている自身の姿が浮かんで苦笑した。

昔なら、もっと勇ましい自分を思い描けていたかもしれないが、異世界で勇者の力を得た今の自分は、逆に平穏な暮らしを求めているようだと。

そんなアルシアの隣にスッと腰掛けたカナンが話し掛ける。

「そうしてる方がいい」

「え？　な、何がですか？」

「お前さん、いつもどこか張り詰めた雰囲気してたからな。今は良い表情《かお》してるよ」

「あ……それは」

ちらりと、悠介に視線を向ける。自分自身の内にある願望に気付いたアルシアは、それがとても自分勝手で卑しい事のようにも思えて、顔を俯かせてしまう。

気を許せる相手も少なく、勇者としての振る舞いを求められた日々。朔耶の協力要請をあっさり受け入れ、異常事態とも言える今の状況の方がリラックス出来ている事実。アルシアは自分にとって閉塞感に満ちたポルヴァーティアの日常が、根底から覆される事を期待しているのだ。

「私は、口ではポルヴァーティアと民の為に自分の力を振るうと言いながら――」

「ああー、そりゃお前さんだけに限った事じゃない。気に病《や》むこたぁないんだよ」

みなまで言うなと手で制したカナンは、アルシアに理解を示して労い慰めた。ポルヴァーティアの信仰教育に染まりきっていない層の人間にとって、この巨大で美しい街は、息苦しく生き難《にく》いのだ。


中身が半分ほど残ったカップを手に、少し冷めてしまったなと呟いたカナンがお茶を淹れ直しに席を立とうとしたその時、宙に指を這わせる作業をしていた悠介から声が掛かる。

「よし、後はこれで……なあ、民衆を民族ごとに一括して移動させられるような指示が出せる場所とかってないかな？」

その質問にアルシアとカナンは顔を見合わせる。

「民族ごとに、とは？」

「んー例えば、何々大陸の民族は全員速やかにどこそこ地区へ移動せよ！　みたいな感じで、なるべく個別に動かしたい」

悠介のそんな要望に、アルシア達はふむと考える。

「移動命令なら……聖務総監の司令室か？」

「いや、聖務総監の司令室からでは直接、民への移動指示は出せないと思う」

軍や各聖務官の担当する組織には命令を出せるが、その場合は軍や治安維持組織を動かしての指示となる。民族単体で動かしたいという悠介の要望に応えるなら、大聖堂の上層にある大神官の総司令室からであれば可能だ。

「しかし、あそこには大神官と彼に許された者しか入れない」

「ふむふむ。ＯＫ、じゃあそこに行こう」

「どうやって？」

「こうやって」

カスタマイズメニューの画面に捉えた『大聖堂マップ』。その上層区部分に表示されている『総司令室』の文字に視線を向けながらスイッと指を動かした悠介は、そう言ってシフトムーブを実行した。

アルシア達の足元から立ち昇る一瞬のエフェクト。光の粒が舞い消えると、カナン家の居間からは三人の姿が消えていた。

第十章　異界の魔術士

作戦の実行に向けて、悠介はまずカーストパレスの全容の把握に努めた。工場でも潰すところと残すところを選定し、移動させる各民族を選り分ける。これらをやり易くする為に、大聖堂の中枢へ赴き、そこから命令を出すのが目下の狙いだった。

カーストパレスの中枢施設である大聖堂。その最上階には大神官の居住区があり、一つ下の階にはポルヴァーティアに存在する全ての施設や組織に対し、最優先の権限で命令を出せる総司令室がある。ポルヴァーティアの誇る魔導技術の全てが集中する総司令室に立ち入る事が出来るのは、大神官の他、彼に同行を許可された一部の者だけだ。

壁や床は透明感のある光沢を帯びた材質で造られており、会議用の椅子やテーブルなどもなく、ガランとした薄暗い空間が広がっている。

そんな無人の総司令室に突如発生した光の粒が舞い消えると、三つの人影が現れた。

下街の一般民居住区から大聖堂の上層、立ち入り禁止区域までの瞬間長距離移動。シフトムーブで侵入した悠介、アルシア、カナンであった。

「ほい、到着っと」

「――お、お前なっ」

唐突に切り替わった風景。アルシアはシフトムーブ初体験で肝を冷やしたらしく、飛ぶなら先に言え、と抗議する。が、悠介はそれを気にせず変装用の服を脱ぎ始める。

「……何をしている」

「脱いでる」

実は中に闇神隊の隊服を着込んでいたのだ。

「それは見れば分かる！」

「じゃあ聞くなよう」

「仲いいなぁ、お前ら」

悠介とアルシアのやり取りに肩を竦めたカナンは、とりあえず一緒に持って来てしまった配給品カップから冷めたお茶の残りを啜りながら、二人を冷やかしたのだった。


大聖堂の周りを囲むように並ぶ神聖軍基地施設では、深夜勤務の兵士達が交代や引き継ぎ作業を行っていた。執務室の事務机で書類を纏めていた士官の一人が、飲み物を取りに行こうと席を立ちかけた時だった。突然、周囲が光に包まれる。

「!? なんだ」

部屋全体が白い光に覆われたかと思うと、それら光の壁は、小さな粒となって舞い消えた。そして彼の目の前には、夜空に向かって聳え立つ大聖堂があった。

はたと周囲を見渡せば、呆然と立ち尽くす同僚や部下達の姿がある。さっきまで仕事をしていた執務室が無い。そればかりか、自分達の詰める基地施設そのものが無くなっている。

別方向から響いてきたざわめきに視線を向けると、隣に立っていた施設が光に包まれ、次の瞬間には無数に舞う光の粒と共に消えてしまった。

施設が立っていた場所には、自分達と同じように呆然と立ち尽くす者、あるいは椅子に座って机に向かった姿勢で固まっている者が残されている。倒れている者も居るが、彼等は就寝中だったようだ。

「一体……何が……」

呟いた士官の足元に、先ほど纏めた書類が散乱し、風に吹かれてヒラヒラと舞い上がった。

総司令室の中央付近にポツンと立っている石碑。人の腰くらいの高さがあるそれは、総司令室の機能を操作管理する為の装置で、本来なら大神官の持つ鍵が無ければ起動させる事は出来ない。

カスタマイズで鍵が無くとも動かせるように弄った悠介は、石碑の操作盤と自身のカスタマイズメニューを駆使してカーストパレスに大改造を行う。

元他大陸の住人を各民族ごとに移動させる場所の選定や、街の治安維持警備隊に邪魔されないよう、予め動きを封じておく処置をした。

この作業は深夜にまで及び、住人に移動指示を出せるようになったのは、明け方になろうかという頃だった。

「えーと、次は黒沼地区？　の住民を全部左上の隅に移動、さっきの隣くらいで」

「左上の隅だな」

カーストパレス各所から送られてくる遠見鏡の映像が、幾つもの幻影として空中に浮かび上がっている。映し出された場所一つ一つに通信用の装置が繋がっているらしく、幻影の映像に向かって話し掛ければ向こうに声が届く仕組みだ。

特定の民族を指定の区域へ移動させるアナウンスは、カナンに頼んだ。

下級市民区の一画で鉱石の採掘作業に従事している民族を、悠介の指定した場所へと移動させるべく指示を出すカナン。

悠介は食料精製用の装置を必要分複製したり、水回りの調整をしたりしながら、同時進行で作戦の要になるマップアイテムデータのモデルをカスタマイズ画面内に組み上げていく。

ほとんどその場から動く事はなくとも、街全体の動きを確認しながら指示を出したり考えたりと、結構忙しそうな悠介やカナンに比べて、二人の護衛役となるアルシアはやる事がなくて暇であった。

「もうすぐ夜明けか。明るくなれば、流石に軍も異変に気付くと思うが」

「いや、もうとっくに気付いてるよ。俺達がここに居る事も多分そろそろバレる」

壁一面に映し出されている外の景色を眺めながら呟いたアルシアに、悠介は『警備兵が乗り込んで来た時は宜しく』と言って床に大型メイスを出現させた。兵器工場の倉庫らしき敷地にあった資材を使って悠介が作り出した物だ。

そういえば丸腰だったなと思い出し、肩を竦めながら一つ息を吐いたアルシアは、邪神製大型メイスを手に取る。そして身体に違和感を覚えた。

「ん？　軽い――というか、なんだか身体が軽くなったような……？」

「ああ、一応それ良い材質だったんで、体力回復効果とか治癒効果も付与してあるからな」

ずっと立ちっ放しで疲れただろうと、アルシアの為に特殊効果をオマケしておいたのだと悠介は言う。

「いいのか？　そんな貴重な装備を……」

「どうせ元手もタダなんだから、気にしない気にしない」

回復系の特殊効果が複数付与された武器など、アルシアの感覚からすれば、非常に希少で高価な装備と認識されるが、悠介にとってはこの程度の装備など片手間で作る事が出来る。

この総司令室に繋がる通路のうち、確認出来たところは全て封鎖しているが、まだ大聖堂の構造を完全には把握しきれていない。下手なところを弄って総司令室の機能に不具合を起こしては困るので、必要最小限の改変に留めている。その為、どこかに見落としている通路があるかもしれず、いつ警備兵がやって来てもおかしくない。

メイスは幾らでも使い潰してくれて構わないのでしっかり護ってくれ、と冗談っぽく言う悠介に、アルシアは至極真面目な表情で頷いて応えた。


カーストパレスの外周に近い下級市民達が押し込められている下街の工場区画では、元他大陸の住人達が『こんな陽も昇ってないうちから何なんだ』と文句を垂れつつ、指定された区域へと移動を始めていた。列の中には、眠っている赤子を抱いた母親や、年端も行かない子供が手を引かれながら歩く姿もある。

「ったく、一昨日まで兵士の装備品だ戦車の部品だって徹夜で働かせやがって、ようやく一段落したと思ったのに……」

「もう出征分の装備は足りてる筈なんだが、今度は何だってんだ」

「そういや神聖軍兵士の姿が見えないな」

「なんか基地の辺りが暗いし、ここのところ連日稼動してたから今日はお休みか？」

今はもう見えなくなってしまったが、数日前まではポルヴァーティアの新たな標的となったらしき巨大な大地を、空の向こうに眺める事が出来た。大地の平行化に合わせて大軍を送り込む為の準備が、ここ最近の忙しさの理由であった事は明白だ。

「あれだけデカい大地が増えるんだから、新しい街とか造る気かも知れないぞ」

「ありうるな、その為の準備か」

これは、家族のある者は一族纏めての民族単位での大移動で、新しく広がった土地の開拓に労働力として運ばれるのかもしれない、そのうち輸送用の汎用戦闘機でも下りてくるだろう——

指定場所まで移動した彼等はそんな結論に至ると、折角集まったのだからと身内同士で交流を深めながら、次の指示を待つ事にしたのだった。

一方、神聖軍基地施設の並ぶ区画では、基地が突然消えてしまった事で待機任務中だった兵士達が混乱に陥っていた。

建物が倒壊したなどの『緊急事態』ではなく、基地施設のあった一帯が何の脈絡も無く更地になるという『異常事態』。

加えて、大聖堂では何者かが大神官の権限を使って総司令室から勝手に指示を出しているという『非常事態』まで起きている。

「何がどうなってるんだ……」

「聖務総監との連絡はまだつかないのか？」

「いえ、先ほど通信で大聖堂の特別警備隊を出動させたとの連絡が入りました」

「特聖官が警備隊を連れて、大神官との連絡及び救出に動いています」

カーストパレス全域に非常事態宣言を出したいが、現状では通信手段が小隊規模で使う通信魔導具しか無い。

基地同士を結ぶ上位の軍用通信網は、更に上位となる大聖堂の中枢施設、総司令室から出されている優先指示命令に抑えられていて割り込めないのだ。

伝令を走らせようにも、隣の区画に渡る通路が全て壁で封鎖されている為、各区画の状況が十分に伝わらない。

執聖機関からの通達を迅速に伝える目的で一般民の各家庭に置かれている『広報鏡』も、他の通信手段と同じ理由で使えない。

その為カーストパレスの異変に気付いている者は、基地を締め出された兵士や、通路を封鎖された大聖堂に勤務する一部の者達だけだった。


「全員配置につけ！　大神官、鍵をお願いします」

「うむ」

特聖官率いる特別警備隊が、厳重な扉の前で隊列を組んで武器を構える。幾つかの封鎖された通路を迂回し、大神官の居住区を通ってようやく総司令室の前に辿り着いたのだった。

警備隊は同行する大神官に扉を解除して貰うと、侵入者を制圧すべく部屋へと乗り込んだ。

「動くな！　神聖軍特別警備隊だ！」

「諸君等は既に包囲されている！」

「装置から離れて速やかに投降せよ！」

侵入者と思しき三つの人影に光撃弓を向けて威嚇する警備隊。大神官と特聖官も入り口付近から護衛と共に様子を窺う。

すると、カーストパレス各所の様子を映し出す、幻影の窓が複数浮かぶ中央の石碑周辺に突然壁が生えて、侵入者を囲むように防壁を形成した。

大神官が『この総司令室にこんな防衛設備はなかった筈だが』と、首を傾げる。

ジリジリと防壁の周りを囲みながら距離を詰めて行き、警備隊の前衛制圧部隊が防壁の手前まで迫ったその時、防壁の一部が光を放ちながら外側にズレた。

その裏側から飛び出して来た人物に、警備隊の兵士達は目を瞠る。

「なっ!?」

「ゆ、勇者アルシア！」

「やあああああ！」

加減したひと振りで三人ほど纏めて薙ぎ倒したアルシアは、続けて防壁の周りにいる警備兵も蹴散らしていく。防壁を一周する頃には、前衛部隊は一人残らず床に転がされる。

後方で光撃弓を構えていた後衛の警備兵が、戸惑いながらも光弾を放つが、アルシアは防壁を背にしながら、大型メイスでそれらの光弾を弾く。アルシアの死角となる斜め後ろ方向にも新たな防壁が生えて、彼女の護りを固めた。

「よし、ここだ！」

防壁の向こうから若い男の声が響いた次の瞬間、部屋の壁際で隊列を組んでいた後衛支援部隊が、格子の檻に囚われた。更に一瞬立ち昇って舞い消える光の粒。今度はそれぞれの格子前に壁が生え、逆に部屋の中心付近を固めていた防壁が消えた。格子の檻に囚われた後衛の警備兵達は正面を覆う壁に阻まれ、姿を現した侵入者を狙う事が出来ない。

「これは……」

入り口付近にいた大神官が部屋へと踏み入る。大神官が進むなら従わなければならない特聖官も、護衛を指揮しながら後に続く。そうして中央の石碑近くに立つ人物を認めた特聖官が声を上げた。

「あれは――あの混沌の使者！　『大地を操りし者』かっ」

「――アルシアよ」

荘厳な法衣に身を包み、厳かな響きを持たせて重々しく自分の名を呼ぶ大神官の姿を確認したアルシアが、思わず動きを止めた。

「っ！　大神官……」

「うおっ、大神官、それに特聖官もか」

そしてまさか最高権力者達が直々に出張って来ると思わなかったカナンも、驚きを露にする。

護衛の警備隊を連れて大神官を護る位置に出た特聖官は、アルシアが本人である事を確認すると、今回の事態に関する説明を求めた。

「何故ここにいるっ、一体これは何の真似だっ、答えたまえアルシア！」

敵方と通じるとは、やはり出来損ないの勇者だったかと罵る特聖官に、アルシアがビクリと肩を揺らす。

「私を、ポルヴァーティアの信徒達を裏切るのか？　アルシアよ」

今日まで生きて来られた恩を仇で返すとは、と激しく糾弾するような口調で責め立てる特聖官とは対照的に、大神官は威厳を持った静かな言い回しで良心に訴えかける。

高い戦闘力を有するアルシアだが、その精神まで強化されている訳ではない。

三年間、このポルヴァーティアで勇者としての教育を受けてきたアルシアにとって、厳しく辛辣であるが故に苦手意識を植え付けられた特聖官の叱責には、どうしても萎縮してしまう。そして、常に包容力のある態度で理解を示してくれた大神官への信頼や親しみが、心理的な枷となってアルシアの心を揺さぶる。

「わ、私は――」

アルシアが自身の心に抱える葛藤。自分にとって閉塞感に満ちたポルヴァーティアの日常が根底から覆される事を期待していたという、手前勝手な気持ちに対する自責の念。

メイスを構えながら半歩退いたアルシアの瞳に迷いの色を見て取った大神官は、手を差し伸べながら一歩踏み出した。

「さあ、そのメイスを下げてこっちに来なさい。君に倒された兵士達の治療もしなければ」

心理的な枷に縛られているアルシアは、大神官に向かってメイスを振るう事が出来ない。取り押さえるタイミングを計っていた特聖官が護衛の兵士に指示を出そうとしたその時、アルシアの背後から現れた黒い影が、彼女を覆い隠す。

「ゆ、ユースケ」

「なんか苦手そうだから、割り込ませて貰うぞ」

大神官と特聖官の視線に縫い止められていたアルシアを背に庇う悠介は、そう言って黒いマントを翻した。今回は翻し損ねて踏んづけそうになったり、頭から被ったりする事はない。庇われたアルシアは、悠介の頼りなさそうな背中を今はとても心強く感じた。

「この街は俺が掌握した。カルツィオから手を引け」

「君は……」

「フォンクランク宮殿衛士隊所属。闇神隊隊長、田神悠介――カルツィオの、『邪神』だ」

自分で言って照れてしまい、誤魔化し笑いをする悠介だったが、対峙している兵士達にとってそれは正に邪神の笑みだった。本物の『混沌の使者』と対峙した経験など無い彼等は、ニヤリと薄笑いを見せつけられて畏怖に立ち竦む。

そんな彼等の立ち位置をおよその目測で割り出していた悠介は、その隙を逃さず、床のカスタマイズで檻を作って護衛の兵士を含む大神官と特聖官を閉じ込めた。

「おし、無力化成功」

「……なるほど、これが君の力か」

檻に捕らえられて慌てる特聖官や兵士達と違い、大神官は至って落ち着いた雰囲気で威厳を保ったまま語り掛ける。

スッと、この部屋の壁に向かって手を翳し、指輪に内蔵されている制御装置が使用可能である事を確かめた大神官は、その壁に幻影を呼び出した。

壁一面に映し出された映像に、全員の注目が集まる。

「これは——」

大攻勢作戦の要となる、神聖軍の地上部隊を乗せた大艦隊。その姿を上空から捉えた、遠見鏡の映像だ。大艦隊の後方にカーストパレスの街明かりが見えている事から、出航して間もないと推測出来た。

大神官の使う遠見鏡はこんなに遠くまで鮮明に見通す事が出来るのかと、初めてその力を目にした警備隊兵士やカナンは驚きで映像に目を奪われていた。

——悠介は『百二十インチスクリーンくらいありそうだなぁ』などと別の事を考えていたが。

皆が遠見鏡の映像に釘付けになっているのを確認した大神官は、信徒達への講義を行うかの如く、じっくりと言い聞かせるような静かな口調で語り出す。

「送り出された地上部隊は、朝には対岸へと到達し、彼の地の浄伏《じょうぷく》を果たすだろう」

カーストパレスで何をしようと、もう遅い。これ以上の騒ぎを起こしても無意味だ。そう語ってアルシア達に投降を促す。自信に裏打ちされた厳かな雰囲気を持つ声で、穏やかに、揺るぎ無く、朗々と紡がれる言葉には説得力があった。

「タガミユースケ、と言ったね。君がここにいるという事は、今あの街はどこか破壊されてもすぐには元に戻らないのだろう？」

「……っ」

サンクアディエットの街が爆撃や砲撃で破壊されても、すぐに修復されていたという事実は、実はポルヴァーティア執聖機関にも既に把握されていた。

大攻勢で執聖機関が考えていた『黒き翼を持つ者』と『大地を操りし者』対策は、単純に数で圧《お》す事。『混沌の使者』当人達をどうにかするよりも、彼等がよって立つカルツィオを占領してしまえば、後はカルツィオの民を人質にして従わせるか、危険そうならその過程で始末すれば良い。

結局は、一人で出来る事など限られている。一人で護れる範囲も限られる。護りきれないところから周囲を埋めていくという作戦だった。

大攻勢に先駆けた先行爆撃は『黒き翼を持つ者』によって阻まれたようだが、特殊爆撃機部隊からの通信で彼女の限界も判明した。全ての機体に異常が発生していたが、撃墜されるなどの直接的な損傷を負った機体は無かった。その事から、当初の推測通り、彼女は非常に強固な防御能力を持つ反面、攻撃力はほとんど持たない事が実証された。

メイスを破壊したのも、密着状態まで接近する事で防御力を攻撃力に転用した結果と考えられる。

そして、兵器類を含む物質に干渉する能力を持つと見られていた『大地を操りし者』も推測通り。どうやってか総司令室に侵入し、石碑を起動させる鍵を使わずに設備を動かしている。

過去、ポルヴァーティアに光臨した無数の勇者達に照らし合わしても、類を見ない変わり種の能力だ。ポルヴァーティアが新たな力を得る為の、貴重なサンプルになるだろう。是非とも能力を解析して魔導技術に加えたい、と考えていた。

「君の力は民にとって非常に役立つ。我々に協力してはもらえないかね」

「大神官っ？」

その言葉に驚いた特聖官が思わず声を上げた。が、彼は以前、二等市民で構成された偵察部隊が斥候に選ばれた事を話題にした時、使える『勇者』であれば受け入れを検討しても良い、と大神官が話していた事を思い出す。

なるほど確かに、この黒い男は『使える勇者』だ。

納得した特聖官はそれ以上の抗議はせず沈黙する。

特聖官の沈黙に頷いた大神官は、壁に映し出されている大艦隊の映像を指しながら言葉を続ける。

――ポルヴァーティアによるカルツィオの被支配は、もはや逃れられない。だが、君が協力してくれるなら、カルツィオ人の立場も考慮しようじゃないか。あれだけ大きな大陸だ、沢山の人々が住んでいるのだろう。彼等の未来は、君の胸一つに掛かっている。今回の騒ぎの事は、アルシアと後ろにいる兵士も含めて、私の権限で不問にしよう――

「差し当たっては、更地にした神聖軍基地や工場を元に戻してくれないか。あれも、君の仕業なのだろう？」

親近感を懐かせるような気さくな調子で語る大神官の出した条件は、破格の処置と待遇に満ちていた。不利な立場にある側からすれば、従っても良いのではないかと思えるほどに。

悠介達の答えを待って沈黙と静寂に包まれる総司令室。

その時、壁に映し出される大艦隊の映像に異変が起きた。


「なんだ、あれは」

「あ、都築さん」

「サクヤ？」

大艦隊から対空光弾が一斉に放たれる。

その中で、紫色の軌跡を引く黒い翼が、艦隊上空を旋回している。大艦隊の接近を察知して対処に来たのであろうその姿は、沢山の篝火の周囲を舞う一羽の小鳥のようであった。

「なるほど、防御力に特化しているだけの事はあるようだ」

「対空光弾を悉く弾き返しているな。だが、あれではどうする事も出来まい」

あまりに無力な黒い小鳥が、やがて力尽きるか逃亡するかという結末を想像する特聖官達だったが――

「あ、サクヤの翼が」

黒い翼が青白色に輝き始めると、更に二枚の黒い翼がその下に生えた。蝶を象るような四枚の光の翼を広げて、大艦隊の進行方向に陣取った朔耶の姿が揺らめく。

瞬間、海上に巨大な波紋が広がって行き、遠見鏡の映像が一瞬乱れる。

有り得ない事が起きた。海が割れたのだ。朔耶を中心にして黒い輪が広がっていくが如く、海の真ん中に空いた大穴。

ポルヴァーティア軍の地上部隊を運ぶ大型輸送艦が、まるで玩具の船のように、ポッカリ開いたその穴へと呑み込まれていく。

「な……なん……」

たった一人で洋上の大艦隊を海の底へ沈めてしまった朔耶の姿に、流石の大神官も声を失う。

一体どんな魔法を使えばあんな事が出来るのか。遠見鏡の映像を映す壁の大画面によって、皆が一連の奇跡を目撃する事となった。この場にいる悠介、アルシア、カナンの三人に、大神官と特聖官が護衛に連れてきた警備隊の兵士達。全員が信じられない映像に固まっている中、隊服に付与されている鎮静効果のお陰か、いち早く我にかえった悠介の笑い声が響く。

「あっはっはっ、流石は世界を渡る異界の魔術士、戦女神様だ」

朔耶はカルツィオを護ってくれた。

「じゃあ俺も、自分の仕事を果たすとするか。このポルヴァーティアを変えてやる」

「なんだと？」

「どういう意味だっ？」

思わず振り返った大神官達に笑みだけを返した悠介は、カスタマイズ画面の中で準備していた件のマップアイテムデータを選択する。

そして最終チェックを行いながら、カナンに移動させた各他大陸民族の位置を確認した。

「大丈夫だ、全員指定の位置にいる」

「よし、なら実行！」

『カーストパレス・分割マップモデル』が実行され、カスタマイズ・クリエートの力によって現実に反映、街が書き換えられていく。

大聖堂を中心にして放射状に広がる蜘蛛の巣にも似た形状のカーストパレスは、その中央付近から溢れ出た光に包まれて大きく形を変えた。

大聖堂の周辺と上級市民の一般居住区には、明確に区分けして立てられていた一等民から三等民の集合住宅が、何故か同じ区画に立ち並び、商業区にあった建物まで近くに現れた。

「何だ！　何が起きている」

「これは……ポルヴァのお導きなのか？　それとも、不浄大陸の『浄伏《じょうぷく》』時に起こるという天変地異の試練なのか？」

次々と建物が現れる異常事態に信徒達は右往左往し、執聖機関に問い合わせようにも連絡が付かない事に気付いて騒ぎ始める。

「大聖堂の周りを見たか!?　神聖軍基地が無くなっているぞ」

「ああ、兵士達があちこち走り回ってるみたいだ」

とにかく執聖機関から何か発表があるまで待機しようと、信徒達は自主的に近くの聖堂へ集まり始めた。

下級市民区では兵器の生産工場が解体され、それぞれ集まっていた元他大陸の民族ごとに囲いで覆われると、そこに上級市民の居住区にある集合型住宅が生えて、新たな街が出現していた。

食糧生産プラントや浄水施設なども並んでいる。迎えの輸送機が来るかと待っていた下級市民区の住人達は、次々に建物が生えるという謎の現象に驚く。

彼等の中にいる子供の一人が、今までに見た事の無い大きな建物を指差して両親に訊ねた。

「あれは何を作るコージョーなの？」

「いや、アレは工場じゃない、上級市民の家だ」

「おうち？」

ポルヴァーティアに取り込まれた後に生まれた世代の子供達は、生産工場とその休憩室のような居住施設しか知らない。何かを生産するのではなく、人が住む為だけにあるという建物に興味津々な様子を見せている。

そんな子供達を含め、下級市民区の住人達は、これから自分達がそこに住む事になるとは夢にも思っていなかった。


悠介はカーストパレスを丸ごと造りかえる為、壁で隔てた巨大な民族ごとの居住空間のマップアイテムデータを形成していた。

ポルヴァーティア人勢力と、ポルヴァーティアに吸収されていた元他大陸人勢力をバラバラに解体して安定させるというのが、悠介の作戦の最終目的だったのだ。

今後、彼等の間で発生するであろう戦いをなるべく早く治めて犠牲を少なくし、それぞれの民族が元居た土地に集まって暮らしていける環境を作る。

これこそ、カスタマイズ能力の本領発揮。カーストパレスを直接弄って完全に区分けし、隔離してしまうのだ。『蜘蛛の巣』状だった街は、複数の囲郭都市《いかくとし》を一箇所に集めたような『蜂《はち》の巣』状の街へと変貌した。その様子を壁の大画面で見ていた大神官達は完全に言葉を失う。

これは現実に起きている事なのか。先ほどの大艦隊壊滅も、カーストパレスの改変も、遠見鏡の映像に偽の幻影を混ぜたのではないかと疑いたいくらいだった。

自らをカルイヅィオの『邪神』と名乗った件の人物、『大地を操りし者』に視線を戻すと、指を宙に這わせる例の動作を仕向けてくる。

「っ！　や、やめろ！」

「何をする気だ！」

「退場～」

得体の知れない力を向けられて狼狽する特聖官達に、『退場』宣言で更に絶望の表情を浮かばせた悠介は、この部屋にいる他の兵士達も纏めて大聖堂の外へとシフトムーブで退場させた。

一応、中枢区のあった区画はポルヴァーティア人居住区にしてある。後は今回の事態について各囲郭都市の住人達に説明し、諸々の処置を済ませてカーストパレスの外まで脱出、大聖堂を解体すれば作戦終了だ。

「ふう、これで大体終わったかな」

「なんと言うか……言葉も出ないよ」

「同感だ」

カナンの呟きに、アルシアも頷いて同意する。あっさりと言えばあっさり終わってしまった。

しかし、本番はこれからだとも言える。カルツィオのポルヴァーティア軍拠点で悠介が言っていた通り、今は問題を強引に止めただけの状態に過ぎない。

ポルヴァーティアとカルツィオの戦いを含めて、ある意味全ての案件を棚上げにしたような状態なのだ。

静かになった総司令室にて、各区画の状況を幻影モニターで確かめながら細部の調整をしている悠介達は、今後の活動について少し話し合った。

主だった兵器工場やポルヴァーティア上に置いてあった兵器類は粗方潰してしまったので、技術の知識は残っていても、それを再興するには相当な時間を要する筈。強力な魔導兵器が無くなれば、アルシアのような力を持つ勇者が脚光を浴びるだろう。

「カルツィオに残ってる分も早めに回収して潰しとかないとな」

まずは執聖機関を中心に団結するポルヴァーティア人、アルシアの呼び掛けに集うポルヴァーティア人らがそれぞれ協力し合って共存していけるような環境を整える。

ポルヴァーティアに対して報復で決起しそうな元他大陸民族には、戦いで疲弊するよりも自分達の国を作るよう説得。元他大陸人らに、ポルヴァーティア大陸上でそれぞれ別れて共同体を形成させるのだ。

状況が落ち着いた後も、多少の小競り合いは続くと思われるが、そこはカルツィオ側の働き掛けで共存共栄の体制に組み込んでいく予定だ。

悠介の作った巨大な囲いが、暫しの平穏をもたらすだろう。

「食料精製用の装置とか、水のろ過装置みたいなのは十分行き渡ってるな」

「下級市民区にいた連中は技術の基礎知識はともかく、機械の操作だけなら熟知してる筈だから、後は自力でやっていけるだろう」

カナンのそんな説明に頷いて納得している悠介に、アルシアが訊ねる。

「各区画を隔てる壁は、ずっとこのままなのか？」

「んー、状況を見て必要なら取っ払ってもいいけど、多分暫くはこのままの方がいいだろうなぁ」

大聖堂から退場させた大神官や特聖官は、一緒にいた警備隊兵士と熱心な信徒達を集めて、早速組織立った行動を取っている様子が窺えた。彼等は彼等でこれから先、上手くポルヴァーティアの民を纏めてくれれば良い。

彼等に従わず対立するポルヴァーティア人勢力は、アルシアをはじめ他のリーダーを立てて、新たな組織として統率する方向に持っていく。

「しかし、私にそんな大役が務まるかどうか……」

「別にアルシア自身が組織を立ち上げなくても、新しいリーダーの後ろ盾になれば良いんだよ」

悠介は『なるべく善良なリーダーを選んでくれ』と、アルシアの今後の活動についてアドバイスしてみる。先ほどの、特聖官が率いる特別警備隊と共に大神官が踏み込んで来た際に見た葛藤の様子からして、アルシアは大神官と対立する事に躊躇している節が窺える。

「まあ色々思うところはあるだろうけどな」

アルシアは大神官の事を人格者だと思ってるし、父のようにも慕っているらしいので、そういう意味ではなかなか難しい問題かもしれないと、密かに注視する悠介なのであった。

「お、都築さんだ」

幻影モニターを操作していた悠介は、変貌したカーストパレス上空を舞う青白色の翼を見つけてその姿を追った。光の軌跡を残しながら旋回の円を描く姿は、まるで生まれ変わった街を祝福しているようだ。カナンがそう評すと、悠介とアルシアも『確かにソレっぽくも見える』と同意した。

軍港には、朔耶に沈められた艦隊の兵士達を乗せた脱出艇が次々に到着しており、悠介は彼等も片っ端からポルヴァーティア人居住区画へとシフトムーブで移動させる。

埠頭に上がった仲間が次々と姿を消す事に怖気《おじけ》づいて脱出艇から降りられないでいる兵士達には、総司令室の通信装置でアルシアから『大丈夫だから船を降りるように』と指示を出して貰った。

「ひと通り整理が終わるまで二、三日は掛かるだろうなぁ」

「今の内に水や食料を運び込んでおくか。食堂に送ってくれ」

「あ、私も手伝う」

暫くはこの新しいカーストパレスを整備する為に留まる悠介達は、総司令室を拠点に各民族同士の交流口として区画の繋ぎ目を調整するなど、細かい作業をこなしていくのだった。

第十一章　ポルヴァーティアの『勇者』再び

三日ほど掛けて新生カーストパレスのインフラを整備した悠介は、大聖堂から伸びるパイプライン網の一つが、奇妙な場所に繋がっているのを見つけた。

マップアイテムとして取り込んだ対象は、物であろうが街であろうが、その全容を参照する事が出来るが、対象があまりに大き過ぎると一画面に収まりきらない。スクロールして全体像を把握すると、大聖堂の地下深くにある大陸航行制御装置の施設から、更に画面のスクロールが出来る事を示す矢印が出て気付いたのだ。

「うーん、部屋の並び方とか設備とか、病院施設っぽい感じの作りなんだよなぁ」

「高官専用の避難施設とかじゃないのか？」

「設備が稼動しているという事は、今現在そこを利用している者が居るという事だよな？」

悠介から大聖堂の地下に施設があると聞かされたカナンやアルシアは、自分達が知っている噂も含めた情報や、この総司令室の端末から得た情報を挙げつつ推察する。

大陸航行制御装置が置いてあったような特別な施設にも、この総司令室からの連絡が可能だった。制御装置の施設にいた職員達には、それで地上に上がるよう呼び掛けたのだ。

だが、この地下施設には幻影モニターによる通信ラインが無い。施設に人が居るとして、彼等が地上の様子に気付いているのかも分からない状態であった。何の施設なのかはっきりしない上に、どういう立場の人間がどれだけ居るのかも分からない。

「大神官とか特聖官、だっけ？　あの人達に聞くのもアレだしな～」

「今はまだ、お前の力でも把握仕切れない部分があるという弱味は、確かに見せない方がいいな」

悠介の言葉に同意したアルシアは、調べに行く気なら付き合うぞと、邪神製の大型メイスを肩に担ぐ。

「じゃあ俺は、ここでその施設について探ってみるよ」

カナンはそう言って幻影モニターの一つを手元に寄せると、悠介が即席で作った椅子に腰掛けた。

「わかった。ここは暫くカナンに任せる。一応、ここの出入り口は全部封鎖して行くから、水とか食料とかは用意しておいてくれ」

調査が長引く場合も想定して、総司令室周辺の防備を固めておくという悠介に、カナンは冗談っぽく『閉じ込められたまま出られなくなるのは勘弁だぞ』と訴える。

「ちゃんと帰って来てくれよ？」

「ふふ、私が付いてるから大丈夫ですよ」

そんな和気藹々とした雰囲気でそれぞれ準備を進める。ポルヴァーティアの大改編を行って数日、悠介達三人は、すっかりポルヴァーティア再編の共闘仲間として馴染んでいた。


大陸航行制御装置の施設には、大神官専用の大聖堂上層施設から特別な通路が繋がっていたが、この謎の施設にも直通の通路が一本だけ繋がっていた。

それも大神官用の施設からではなく、高官向けの病院施設からだ。悠介とアルシアはその通路の先にある施設の入り口付近に、総司令室からシフトムーブで移動した。

「地下に隠された病院っぽい施設ってところに、そこはかとなく嫌な予感がする」

「なぜだ？」

「いや……こういう地下施設はヤバイ怪物作り出す実験してたり……ってのがセオリーでな」

ゲームの話だけどな、と肩を竦める悠介に、アルシアは小首を傾げる。

「よく分からんが、冒険者が探索に赴くダンジョンのようなものか」

元々、アルシアは冒険者になる事を目指してダンジョンと訓練学校のある街に向かっていたところで、この世界に召喚された。

ある意味、自分の『勇者』としての役割が終わった今のタイミングでそのような施設に赴いた事に、何か巡り合せのようなモノを感じるのだった。

「さて、それじゃあ調べてみるか」

「うむ、私が前に立つ。扉を開錠してくれ」

アルシアは握り直したメイスをブンッとひと振りして正面に構えながら、重厚な扉の前に陣取る。

悠介は一応、施設の床の内側をほんの数ミリ柔らかくする事で、外にエフェクトを発生させずに、床の表面が重みで僅かに沈むようなカスタマイズを施して索敵を行っていた。

それにより、この扉の先の通路上に移動している物体は存在しないと分かっているのだが、空中に危険物が浮かんでいないとも限らないので、油断はしない。

(防犯設備とか侵入者撃退装置とか、普通にありそうだもんな)

設置型の設備ならカスタマイズでどこからでも無力化出来るが、自律型の飛行系ユニットなどは直接触れる必要がある。

「扉開ける前に、目視で安全確認だ」

「目視?」

悠介が、スッとカスタマイズ画面をひと弄りして『実行』と決め台詞を呟くと、扉の一部に光のエフェクトが掛かって小窓が現れた。ちゃんと強化ガラスのような透明の板も填めてある。

「ああ……そういう事が出来るのだったな」

悠介の能力は、建造物の中ではある意味で万能を誇る。わざわざ危険を冒して未知の領域に踏み込まずとも、こうして予め危険が無いかを確かめられるし、一つのアイテムとして認識されるモノが繋がってさえいれば、能力の効果範囲に制限は無い。

「ふーむ、特に危険物は見えないな」

「では、先に進むか」

小窓を覗き込んで安全確認を済ませた悠介とアルシアは、謎の地下施設へと踏み込んだ。


しばらく殺風景な真っ直ぐの通路が続く。上の大聖堂や、ポルヴァーティアの他の施設に見られる、荘厳な装飾はあれど近代的な通路と比べると、随分古めかしい雰囲気だ。

突き当たりまで来ると左右に別れており、片方はすぐ先に小さい部屋が一つあるだけの行き止まり。その部屋は倉庫らしく、特に目ぼしいモノは無かった。

もう片方の通路は途中に鉄格子があり、その先には両側に部屋が並ぶ通路が続いている。

「作りは病院ぽいけど、実際に来て見たら独房みたいな感じだな」

「うむ、確かに。右の小部屋は監視所か、奥に連なる部屋は独居房のような雰囲気だ」

アルシアは、身分の高い者を秘密裏に収容しておくような施設なのかもしれないと推察する。病院を兼ね備えた牢獄は珍しくない。だが、カスタマイズ画面で施設の全体像を確認していた悠介は、収容施設にしては手術室のような部屋が多過ぎる気もすると感じていた。

「この辺りの部屋は全部無人か……」

「随分長い間、使われた形跡が無いな」

鉄格子を消して奥の通路に入った悠介達は、両側に並ぶ部屋を調べながら進んでいく。どの部屋も作りは全て同じシンプルなデザインで、ベッドと椅子くらいしか置いてない。床やベッドの上には埃《ほこり》が積もっていた。

「けど、この通路自体は結構最近人が行き来してる感じだよな」

「そうだな、無人の部屋と比べて空気が違う」

監視所にも、少し前に大聖堂内で信徒達に配布された広報のビラが貼られていたりと、時々人が来ていた痕跡が残っていた。

今の通路の突き当たりも左右に別れていた。左側にしばらく進んだ先には大広間のような円形の部屋があり、そこから八つの小部屋が繋がっていた。

それぞれの小部屋には、病院の手術室の如く真ん中に台座が置かれ、周囲の壁際には色々な瓶類や器具が入った棚が並んでいる。台座には手足を拘束するベルトが備え付けられていた。

「治療室っていうより、実験室って感じがする」

「ああ……あまり良い雰囲気の部屋ではないな」

部屋を見渡した悠介の感想に、アルシアも同意する。

ここもあまり利用されている形跡は無く、台座や棚は埃を被っていた。

「さて、この反対側の通路の先にある部屋に人の気配がある訳だが」

「分かるのか？　そういえば、さっき索敵をしたかと言っていたな」

「施設全体の床にちょっと仕掛けをね。誰かが歩くと分かるようにしてみたんだけど――」

その部屋の中で、時折何者かが歩いている様子を捉えていると、悠介は説明する。あまり体重は無さそうで、歩幅の短い二足歩行型。ちなみに、扉の鍵は厳重に施されているが、中からは開けられない作りになっていた。

「つまり、幽閉されていると？」

「まあ、ここの他の部屋とか見る限り、そういう目的の施設なんだろうさ」

先ほどの小部屋からしてただの収容施設ではなさそうだが、悠介の見た限り、少なくとも人を閉じ込めておく為の施設である事は間違いなさそうだった。

大広間のある方向とは反対側に伸びる通路の奥。厳重に施錠された、まるで宝物庫のような扉の前まで二人はやって来た。

悠介が早速そのごつい扉にカスタマイズで小窓を作り、中を覗き込む。

「どうだ？　何か居るか」

「銀髪の少女、約一名発見」

「少女？」

隣で小首を傾げているアルシアを余所に、悠介はここに来る前にカナンが用意してくれた毒物検知器を扉に埋め込んで、部屋の中の空気に危険が無いかを確かめた。

「特に危険なガスとかは無いみたいだな」

「そんなモノがあれば、中の人間は……ああそうか、お前が言っていた危険な怪物を作り出す実験というのは、そういう意味か」

暗殺者の中には、自ら少量ずつ毒を呷《あお》る事で非常に高い毒耐性を得て、その体質を駆使して自身の身体に毒を塗り、暗殺対象に近付いて仕留めるという特技を持つ者も居る。

強力な毒の中で生きられる、または毒を吐き出し続けるような『人間』を作り出せれば、それは確かに怪物と言えるだろう。

「まあ致死率高くて感染する病気とか持ってたら、それはそれでやばいんだが」

「ふむ……同じ危険にも色々な可能性があるのだな」

なるほどと納得し、悠介の見識の深さに感心する素振りを見せたアルシアは、自分が勇者としての信仰教育を受けている間に随分と視野が狭くなっていた事を思い知る。

さておき、悠介は扉に作った小窓の先できょとんとしている少女に声を掛けてみる事にした。

「えーと、もしもーし、聞こえますかー」

「……聞こえているが、何だ？　そんなところに窓など作って」

何をしているんだと訝しげな顔の少女は、用があるならさっさと入って来いと入室を促す。アルシアと顔を見合わせた悠介は、とりあえず少女が何者なのかを確かめてから接触しようと決めて、少女に質問しようとした。が、先に少女の方から問い掛けてきた。

「また新しい薬の実験か、それとも伽《とぎ》の相手か？」

「え？」

振り返ると、小窓の前までやって来た少女が、中から覗き込んでいる。

「お前達、見ない顔だな。大神官のじじいはどうした？　世代交代でもしたか」

再びアルシアと顔を見合わせる悠介。大神官を『じじい』呼ばわりしている事から、執聖機関でも相当に上の立場にあるのか、あるいは身内か。上層の人間の関係者には違いなさそうだと考えていると、少女は悠介とアルシアをじっと見つめてひと言呟く。

「なんだ、お仲間か」

「仲間……？」

「お前達も、あの『声』に喚ばれて来たのだろう？」

「……っ」

三度《みたび》顔を見合わせる悠介とアルシア。二人の反応を見て楽しそうに笑った彼女は、自らの正体を明かした。

「私はパルサ。ポルヴァーティアの『勇者』だ。多分、先々々代くらいのな」

謎の地下施設の奥部屋に居た、パルサと名乗った少女は、古代ポルヴァーティアに光臨した不老不死の能力を持つ『勇者』だった。

『勇者パルサ』が幽閉されていた奥部屋にて、彼女と向かい合った悠介とアルシアは、彼女からこの施設の事などについて話を聞いた。

パルサの居た部屋は、使われていなかった他の質素な部屋に比べて三倍近くの広さがあり、内装もしっかり整えられている。大聖堂の上層階にある高官用の自室と比較しても遜色無い環境であった。

「じゃあ、パルサさんは召喚されてからずっと、ここで人体実験の被験者をやってた訳ですか」

「まあ、そういう事だな。しかし美味いなこれは、癖になりそうだ」

悠介が味付けをした固形食を齧りながら答えるパルサは、ここ十数年は強い副作用が出るような危険な薬は使われていないと言う。何でも当代の大神官に気に入られているので、先代までに比べて今は待遇が良いらしい。それを聞いたアルシアは大神官の事も気にしつつ、パルサ自身について一つ訊ねた。

「先ほど、先々々代と言っていたのは……」

「ああ、私はかれこれ千二百年はここに囚われているからな」

「せ、千二百年⁉」

驚くアルシアに『自分は四代前の『勇者』だからな』と、パルサは事も無げに言う。

「ってことは、こっちも三百年周期なんですねー」

悠介は、カルツィオとポルヴァーティアは異世界から変革の使者を召喚する周期が、ほぼ被っているんだなと納得している。パルサはそんな悠介の落ち着きぶりに興味を示した。

「お前は驚かないのだな？　そちらでは『邪神』だったか」

「ええまあ、三千歳の子供が知り合いに居ますから」

アユウカスの事を例に出すと、今度はアルシアと一緒にパルサも驚く。

「三千歳⁉」

「三千歳だと⁉」

「あれ、そう言えばアルシアにも話してなかったっけ？」

砂浜で一戦やりあった、長い紫掛かった白髪の子がそうだよ、と教えてやる。

『混沌の使者』だと思っていた古風な口調の少女が撤退時に生きていた事はアルシアも確認していたが、まさかそんな大先輩だったとは思いもよらなかった。

「しかも召喚者ではないとは……上には上がいるものだなー」

「そ、そんな貴重な御仁に、私は何て事を……！」

あわわと頭を抱えるアルシアはさておき、悠介はパルサが長くこの地下に幽閉されていたにしては、結構外の事にも詳しい理由について訊ねてみる。彼女は近年のポルヴァーティアについても、大体正確に知っていた。

「さっきも言ったが、当代の大神官に気に入られているからな」

大神官がここに詰めている時は、聖務官達との会話などから情報を得る事が出来る。

執聖機関からのお報せが入る『広報鏡』も置かれているので、街の出来事や最近の情勢もある程度知っていた。

少し前に『浄伏大攻勢《じょうぷく》』の宣伝をしていたが、ついにポルヴァーティアが敗北したかと、パルサは愉快そうに笑う。

「大神官もしばらく顔を見せなかったが、これは当分来られないだろうな」

そんな彼女にふと、悠介は素朴な疑問を浮かべて訊ねた。

「そう言えば、この施設って他に研究員とかも見ないし、ほとんど使われてないみたいですけど、大神官はここに詰めて何を？」

「うん？　千二百年モノとはいえ身体は歳若い娘だぞ。実験の視察以外にこんな場所でやるコトは決まってるだろう」

「ああー……なるほど」

悠介は『さっき伽の相手とかって言ってましたもんね』と納得した。が、アルシアはそれに反応する。

「え、あの……？　それは一体どういう……」

「なんだ、伽を知らんのか？　平たく言えば男女のまぐわいだ。閨《ねや》と言った方が分かり易いか」

「い、いえ、それは知ってますが……あの大神官がそんな――」

困惑しているアルシアに、パルサは『お前は手を付けられてないのだな』と察する。パワー系の勇者に下手な手出しは出来まいとも納得しながら。

「歴代の大神官は大体、不死身の化け物なぞ気持ち悪くて抱けるか、みたいな感じだったが、今の大神官は永遠の若さとかに憧れを持っているようでな」

まあ、顔や体型が好みだったのかもしれんが、などと、伽で要求された行為の内容など、パルサは大神官の性癖を暴露する。

「お前は顔立ちが凛々しいからな、もう少しぽやっとしていれば、色々されていたかもしれん」

「……」

冗談めかすパルサだったが、アルシアは執聖機関が裏で行っていた事や、大神官の本性を知って嫌悪感を露にする。そんな『若い』アルシアに、パルサは老婆心ながらの忠告を与えた。

「何から何まで品行方正な組織なぞ無いに等しいぞ？　連中を庇う訳ではないが、信徒や一般民に私欲で手を出していないだけ、欺瞞で成り立っている信仰組織としてはマシな方だ」

あまり思い詰めるなと気遣う大先輩の勇者パルサに、当代の勇者アルシアは恐縮しきりだった。

二人を傍観している邪神悠介は、これでアルシアもポルヴァーティアの新しい勢力の後ろ盾になる事に対して、迷いが断ち切れたんじゃないかな、などと推察していた。

そんな悠介に向き直ったパルサが、おもむろに問う。

「で、私はどうなるのだ？」

「うーん、どうしたいですか？」

このまま隔離施設で生活を続ける事も出来るし、ポルヴァーティア人自治区で暮らす事も出来る。パルサの存在が公になると、大神官達は色々困るであろうが。

「ここはもう飽きた。新しい大地、カルツィオを見てみたいな」

「じゃあ、カルツィオに来ますか？」

ポルヴァーティアの歴史の表裏をよく知る『勇者』として、彼女がカルツィオに居ると分かれば、執聖機関への牽制にもなる。

悠介は同じ不死の身を持つアユウカスのところへ預ける事も考えたが、パルサ自身が悠介に興味を持った。執聖機関が支配するこのポルヴァーティアに勝った男を、もっと知りたいのだと。

「いやー、別に俺が勝ったって訳でもないんですけど……」

「ふふ、お前のそういうところが気になるのだ。単なる謙遜でもなく、かと言って己を卑下《ひげ》している訳でもない。私の知る男という生き物は、もっと傲慢で繊細で、戦功を誇る臆病者だからな」

「それはサンプルが偏り過ぎです」

そんなツッコミを入れつつ、悠介は彼女を保護する事になった。私物を纏めたパルサを連れて大聖堂の総司令室に戻った悠介は、今後の事後処理に向けて動き始める。

作戦遂行の報告やら、迎撃武装の過剰設備解体などを進める為に、一路サンクアディエットへと引き揚げにかかった。

「これで本当に一段落だな」

大聖堂を解体して集会場のような施設にした悠介は、ポルヴァーティア人自治区にした囲郭都市の端、防壁近くの目立たない場所までシフトムーブで移動すると、ここでアルシアと別れた。

「それじゃあ後はよろしく、上手くやってくれ。元気でなー」

「ああ、何とかやってみる。ありがとうと言うのも変だが、ユースケも元気で」

アルシアと固く握手した悠介は、カスタマイズで防壁に穴を開けると、パルサとカナンを連れて防壁の外に出た。そこにカルツィオへ帰還する為の汎用戦闘機を停めてあるのだ。

カナンには今後もカルツィオとポルヴァーティアを行き来する際、協力して貰う事になっている。汎用戦闘機には前から乗ってみたかったと、楽しそうにしているパルサを伴い、悠介はカルツィオへの帰還の途につく。

ポルヴァーティアでの任務は、一応これで完了となった。

終章　平穏の続き

ポルヴァーティア人地区の中では、三等市民や二等市民層から大神官の率いる執聖機関に従わない意向を示す者が多く現れ、ポルヴァ神信仰を否定して新たなコミュニティの形成を始めた。

彼等を取り纏める役にはカナン達のような軍属の二等市民が当てられ、アルシアをその後ろ盾につける事で執聖機関側を牽制。今のところは双方共に穏便な方法で自分達の勢力拡大を図っている。

元他大陸民族の入るそれぞれの囲郭地区に対しては、今回の異変について悠介は詳しい説明を避けた。『君達は解放された、これからの生き方は君達自身に委ねられている』とだけ伝えてある。

カルツィオ勢力による解放という部分をぼかしたのは、なるべくポルヴァーティアでの火種を減らす事が一つ。また今後ポルヴァーティアで起きうる闘争などの火の粉が、カルツィオに飛んで来ないよう画策した結果だ。

被支配層の全てが解放を歓迎している訳ではないので、誰が支配者と切り離したのかは曖昧にしておきたかった。

サンクアディエットで捕虜になっていたポルヴァーティア軍の兵士には、拠点に居た者達も含めてカルツィオに亡命したい者の受け入れを行っている。

ポルヴァーティアに帰りたい者は、カナン達が輸送機で運んだ。カーストパレスに戻った彼等には、ポルヴァーティア人地区で一勢力として纏まって貰う。

この間、朔耶もちょこちょこと顔を見せに現れては、色々と活動していた。カーストパレスの各地区を飛びまわって、怪我人を治癒したり、暴動を起こしかけた集団を電撃で宥めたり。

悠介に持参したケーキのカロリーを減らして貰ったり、デジタルカメラの複製を持ちかけてみたりと、積極的に交流を図っている。

ちなみに、低カロリーケーキはサンプル不足でどうしても味がイマイチ。デジタルカメラの複製は幾つか材料が足りなくて断念した。

「うーん、コピー機みたいに何でも簡単にって訳にはいかないのかー」

「コピー機て」

少し残念そうにぼやく朔耶に、せめて３Ｄプリンター系にたとえて欲しいなと突っ込む悠介。

「あ、でもデータとして保存が利くって事は、状態の良い時に保存して、古くなったり壊れた時にカスタマイズを掛け直せば――」

「ああ、うん。多分その方法で新品に近い状態には戻せるかも」

消耗した部分はどうしようもないが、簡単な破損くらいならデータを取った時の状態に戻す事で修理が可能だ。耐久性を上げたり、バッテリーを長時間持つようにしたり、部分的なカスタマイズで品質アップも狙える。

今の内に家の電化製品で長く使いたい物を片っ端から持って来て、保存しておいて貰おうかと朔耶は企んでいる。

「ああ～、コウ君の異次元倉庫が欲しい！」

「コウ君？」

――って誰？　と、カルツィオ中に配備されている『対空光撃連弓・改』を解体している悠介は、聞き馴れない名前と単語に軽く小首を傾げたのであった。

ちなみに、朔耶の言う『コウ君』とは、朔耶が普段から行き来している異世界で、最近知り合った冒険者であるらしい。ゴーレムの身体を持つという少々特殊な在り方をしていて、アルシアの本体を探している時に出会ったのだそうな。


「まっこと自由な娘じゃの」

「確かに」

ヴォルアンス宮殿の上層に設置されている臨時司令室にて、朔耶が帰った後もアユウカスと並んでカスタマイズによる武装撤去作業を進める悠介は、苦笑しながら同意する。

シフトムーブ網を使って、カルツィオの四大国から『対空光撃連弓・改』を含む過剰な力を持った魔導兵器を廃棄する作業だ。

「でもこれ、全部は無理だろうなー」

「まあ、致し方あるまいよ」

シフトムーブ網からこっそり外された光撃連弓や携帯光撃弓が幾つか解体を逃れていると思われる。だがあれだけ急ピッチで複製配布しただけに全てを把握している訳ではないので、知らばっくれられたら確かめようがない。悪用されない事を祈るばかりだ。

「さて、ワシの役目も終わったことじゃし、家に帰るとするか」

「今日までお疲れ様でした──て、ほんとにこのまま帰るんですか？」

「ふふ、そもそもが押しかけて来とる身じゃからしてな」

送別会も何もなく、用が済んだなら速やかに去るのみと、アユウカスは帰国の途につく。

ツインテールにした髪を解いて首をひと振り、紫掛かった長い髪をふわりと靡かせたアユウカスは、青い浮遊ソファーに腰掛けるとカスタマイズメニューを開いて、シフトムーブ網を呼び出した。

共にサンクアディエットを訪れていたお供の者達は、既にパトルティアノーストへと送り届けられている。

「それではまたな、たまにはお主も遊びに来いよ——ジッコウ」

最後に悠介の真似をして見せたアユウカスは、シフトムーブのエフェクトと共に帰って行った。

「ある意味、シンハもあの人《アユウカス》の影響受けたんだろうなー……」

誰も居なくなった静かな臨時司令室にて、悠介は独り肩を竦めながらそんな事を呟いた。

その後、自分もそろそろ自宅に帰ろうかと腰を上げ掛けたところへ、けたたましく扉が開かれる。

「アユウカスはおるかー！」

篭《かご》いっぱいのララの実を抱えたヴォレットが駆け込んで来たのだ。

「惜しい、今さっき帰った」

「あーっ、遅かったか」

「それ、渡したいなら向こうに送れるぞ？」

「おおう！　その手があったたっ」

お土産に用意されたララの実の篭を受け取った悠介は、今し方アユウカスが使ったシフトムーブ網の移動先へと送り届ける。

今はまだシフトムーブ網で繋がっている、ガゼッタの『城塞都市パトルティアノースト』や、ブルガーデンの『要塞都市パウラ』も、そのうち防衛上の問題で切り離されるかもしれない。トレントリエッタの『首都リーンヴァール』や『姉妹都市デリアルディア』は、恐らくそのまま放置されそうだが。

「そうかのう？　ガゼッタもブルガーデンもユースケの事は信用しておるじゃろ」

「だったとしても、やっぱり余所の国の兵士が自由に街を弄れる状態にしとくのはマズいだろ」

よく知る者の中では平和主義者で定着している邪神《ゆうすけ》も、いつ何時、何を切っ掛けにしてどんな心境の変化を起こすか分からないのだ。

「俺がいきなり本当に『災厄』を起こす邪神そのものな奴にならないとも限らないんだからな」

「その時はわらわ達が全力で止めてやるから大丈夫じゃ」

そう言ってからからと笑うヴォレット。そんな信頼の笑顔を向けられていては、少々の事で歪めそうにないなと、悠介は自身の将来を思い描くのだった。

ガゼッタの城塞都市パトルティアノースト、その防壁の一画に設けられたシフトムーブ網の台座にて。先ほどサンクアディエットから帰還したアユウカスは、悠介から送られて来たヴォレットのお土産を手に、シンハと中枢塔に向かいながら今後の事を話し合っていた。

「これからは今まで以上に、融和派や回帰派の動向にも注意せねばならんな」

アユウカスがそう話を振ると、シンハは『ああ』と頷いて面倒そうな表情を浮かべる。

「全く厄介な事だ……ユースケには話したのか？」

「うんにゃ。本人には話しておらんが、向こうの賢王に注意は促しておいた」

「エスヴォブス王か……この前の暗殺騒ぎを考えると、イマイチ安心出来ないが」

「大丈夫じゃろ。あの当時とは情勢が違うでな」

五族共和制の導入が四大国の間で交わされる以前は、ガゼッタの台頭という事情も絡んで、悠介の存在はややもすれば神技人社会、またフォンクランクにとっても脅威になりうる要素があった。

しかし現在、将来のポルヴァーティア勢力との邂逅を考えるなら、悠介の力はフォンクランクにとって、無くてはならない切り札的な存在といえる。エスヴォブス王も反闇神隊派が暗躍していた頃よりは、悠介の身辺警護を厳重にするだろうと、アユウカスは読む。

「万が一暗殺されるような事があっても、大局的には大きな影響を抑えられていた以前とは違う、という事か」

「そういう事じゃ」

邪神・悠介の暗殺という不穏な要素は、ポルヴァーティアという新たな勢力を迎えた現在、意外にもガゼッタの内側に潜んでいた。ポルヴァーティア製の魔導兵器が手に入れれば、神技にも十分に対抗出来る事が、今回の戦いで証明されている。

強力な武器を得た白族に対して、神技人側は確実に劣勢になる。唯一、対抗出来る力を持つ悠介を亡き者にしてしまえば、白族によるカルツィオの覇権も現実味を帯びて来る。それを画策する者が現れないとも限らない。

今後、ポルヴァーティアの技術者を確保する工作を最も活発に行うのは、ガゼッタになるだろう。エスヴォブス王やリシャレウス女王も、その事は念頭に置いている筈だ。

「まあ、邪神《ユースケ》を敵に回すような事をすれば、大概自滅する上に、今はポルヴァーティアの勇者《アルシア》や、あの黒い翼を持つ異界の魔術士《サクヤ》も敵に回す事になるでな」

おまけに、悠介邸はポルヴァーティアの歴史に詳しい古代の勇者まで囲っている。人外の力と頭脳を持つ人材がこれだけ揃っているのだ。敵対などすれば、覇権どころか破滅への道をまっしぐらだとアユウカスは笑う。

「そこのところをちゃんと分かっててくれりゃいいんだが」

「我らが民がアホでない事を祈ろう」

以前にも増して内政がややこしくなったと嘆くガゼッタの王シンハと、彼を支える悠久の里巫女アユウカスは、ひとまず戦が終わった事で暫くは続くであろう平穏を噛み締めるのだった。

「やはりここでしたか、姫様」

「やあユースケ、今回はまた派手にやったらしいね」

ヴォレットを追ってやって来たクレイヴォル炎神隊長と、たまたま顔を出しに来たヒヴォディルも交えて、悠介の部屋で今後の事が話し合われた。

現状、ポルヴァーティアとは海で隔てられている。今のところは、海を飛び越えて来られる飛行機械もないし、船もない。

密集囲郭都市の中で、それぞれの民族がこの先どう動いて行くか分からないが、そのうち囲いを出て活動を始めるだろう。

「時々様子見しながら備えておくってとこかな」

帰国を希望する捕虜や、カルツィオに取り残されていた神聖軍兵士を運ぶ為に使った輸送機は残してあるので、亡命者の中にいるパイロットを雇って上空から様子を見に行く事は出来る。

ヴォレットが戴冠する頃には、ポルヴァーティアで確立しているであろう国と国交を開くかもしれない。

「複数の国家ができてるかもしれないんだよねぇ」

ヒヴォディルの推測は、皆が考えている事だった。高い魔導技術を有するポルヴァーティア人が頭一つ飛び抜けてはいるが、執聖機関に統一されていた彼等も、今や幾つかの勢力に分裂している。元他大陸の人々の中にも、魔導技術を習得して反撃の機会を窺っていた勢力がいるかもしれない。

「ポルヴァーティア側のどの勢力が最初に接触してくるのか」

「そん時は、アルシアやカナン達も健在であって欲しいもんだよ……」

「共闘した仲、じゃものな」

クレイヴォルの言に答えた悠介の呟きに、ヴォレットがうむうむと頷いて理解と共感を示した。

「ではまた明日じゃ、近く地下探索も再開せねば」

「ああ、そうだな。また弁当作って行くか」

「今度は是非、僕も誘って貰いたいね」

ヴォレットとクレイヴォルはいつものお稽古事の部屋へ。ヒヴォディルは候補組との打ち合わせに宮殿衛士隊の控え室へと向かい、悠介は帰宅組なので宮殿の動力車乗り場へと下りて行く。

途中、廊下を行くヴォーマルとフォンケに会った。

「お、隊長じゃないすか」

「今からお帰りで？」

「まあね、ヴォーマル達はこれから外回り？」

「ヴォーマルのおやっさんは外回り、俺っちは上がりっす」

普段と変わりない様子のヴォーマルは、これから部下の衛士隊を連れて街の見回りに出るという。

フョンケはようやく街唱《まちうた》達に会いに行けると、晴れ晴れした表情だ。

「街もようやく普段の姿に戻りやしたね」

「対空砲で針山みたいになってたもんなぁ」

「一般人にほとんど被害が出なかったのは流石隊長っすよ」

ポルヴァーティアの脅威はひとまず退けられた。これからの展望について話したりしつつ、二人と神民衛士隊の控え室前で別れる。

「それじゃーなー」

「お疲れ様でした」

「また明日っす」

控え室ではシャイードが仮眠をとっていた。起こしちゃ悪いと、悠介は静かに立ち去る。

動力車乗り場まで下りて来ると、隊服姿のエイシャとイフョカを見掛けた。丁度これから帰るところだったらしい。

「あら、隊長もこれからお帰りですか？」

「まあね、二人とも街に下りるなら送っていこうか？」

どうせ露店市場にも寄って帰る予定なので、『イフョカも無技人街まで乗せて行くぞ』と誘えば、エイシャが『それなら喜んで』と悠介の自家用動力車に乗り込んだ。そして、モジモジしているイフョカを引っ張り込む。


「隊長と里巫女様の『反則技』のおかげで、街は物に溢れてるみたいですよ」

「あー、シフトムーブ網を使って商人ごと荷物運んだりしたもんなぁ」

街の修復用資材や兵器用の物資を運ぶ一方、厳戒態勢下で流通の滞りを防ごうと、余った時間を使って交易商人達も直接その商品ごと運んでいた。通常なら数日から十数日掛けて街と街の間で取り交わされる品々が、ここ三日ほどの間にごっそり入って来ている。

「流通網の整備云々で、やっぱり列車の開発も進めといた方がいいんだろうなぁ」

「ポルヴァーティアとの技術差関係で、ですか？」

「そんなとこ。多分、向こうと国交が開ける頃には今のサンクアディエットより普通に進んだ街とかになってそうだしな」

どこかの家の自家用動力車とすれ違う。カルツィオでは四大国の中でも抜きん出て近代化されているサンクアディエットだが、ポルヴァーティアのカーストパレスは悠介の元居た世界、地球世界の町並みと見まがうほどに発達していた。

兵器関連の施設や工場は全て潰しておいたものの、人々の生活に必要な機械類は残してあり、複製量産した装置もある。ポルヴァーティア人技術者が残っている限り、いずれまたそれなりに進んだ魔導技術を取り戻すだろう。

「向こうは研究開発を重ねて発展させた技術だけど、こっちは俺の能力を元にした付け焼刃の俄か技術だからな〜」

自分の死後も作った道具から力が失われる心配が無い事は、パトルティアノースト中枢塔にある『神眼鏡』など、かつて降臨した邪神達の遺産が今も稼動している事実から明らかだ。

しかし、新たに作り出す事が出来なければ、そこから発展する事も無い。カルツィオの技術者達には、ポルヴァーティアの魔導技術解析を是非とも頑張って貰わなければと、悠介は自身の考えるこれからの展望を語った。

「仕組みは大雑把にしか理解出来んが、サンプルなら幾らでも用意出来るしな」

「あはは、隊長の神技って便利ですけど、そういうところは中途半端ですよねー」

以前は水技の民が多く暮らしていた元中民区、貴族街の通りにてエイシャは車を降りる。この近くに自宅があるそうだ。

「それでは隊長、これで失礼します。送ってくれてありがとうございました」

「おーう、またあした～」

降りる際に、後部座席から助手席へ移ったイフョカの耳元で『がんばって』と囁いたエイシャは、こっそりウインクを送って激励した。――が、却って悠介と二人っきりになる事を意識してしまい、緊張でカチコチになるイフョカなのであった。


区画門を抜けて元中民区第二層の通りを行く動力車。ゴロゴロという車輪が石畳上を転がる音と、動力ユニットの機械音だけが車内に響く。黙っていると間が持てないと判断した悠介は、隣で大人しく座っているイフョカに話し掛けた。

「無技人街は被害も少なかったみたいで良かったな」

「は、はいっ、こ、攻撃は、街の中心に……集中してましたから……」

ビクッと肩を震わせて会話に応じるイフョカ。最近は、皆と居る時なら普通に話せるくらいにまでコミュニケーションに慣れてきた彼女だが、まだまだアガリ症な気質は変わらないようだ。もっとも、これは対する相手にもよるのだが。

「あ、あの、たいちょ――」

「あっ、ソルザックだ、おーーい！」

「おおう！　良いところでお会いしましたねっ」

一般区へ下りる坂道の途中で、大荷物を背負ったソルザックに出くわした。丁度露店市場まで小物を売り出しに行くところだったらしく、乗せて行って欲しいとの事だった。

乗ってけ乗ってけと空いている後部座席を指す悠介に対し、ほとんど話せない内に二人きりのドライブが終わってしまい、イフョカはしょんぼりしている。

「いや～、助かりましたよ。まだ一般区より上を走る乗り合い動力車が再開してなかったもので」

「上の街は自家用動力車持ちがほとんどで利用者少ないからなぁ」

ソルザックも自分の動力車は持っているのだが、普段から乗り合い動力車を好んで利用している。自身が開発に深く関わっているだけに、他の利用客と一緒に乗るのが楽しいらしい。

「あ、そうだ。乗り合い動力車の前に構想してた列車計画な、あれ再考しようと思うんだ」

「ほう、街と街を繋ぐ例の交通機関ですか」

「先に街道を整備して、レール無しの長距離乗り合い動力車みたいなスタイルになるかもしれないけどね」

ポルヴァーティアの問題が残っている以上、今後のカルツィオの発展を考えるなら各国、各街との交通網を整えて流通速度の底上げくらいはしておきたい。そんな考えを示す悠介に、ソルザックも同意した。

露店市場でソルザックと別れ、そのままイフョカの買い物にも付き合う事にした悠介は、自分の買い物を手早く済ませる。いつもの進呈用『神技の指輪』に使う材料のアクセサリーを見繕った。

「今日も食料がほとんど？」

「いえ、今日は……服とか、食器とか、そういうのです」

五族共和制が施行された事で無技人達も普通に街中を歩けるようになり、イフョカの買い物での負担も随分と減った。本人はそれはそれで少し寂しそうではある。

「でも結局大荷物になるのな」

「す、すみません……」

自然に荷物を半分持つ悠介に、イフョカは恐縮しきりだ。買い物を済ませて無技人街の路地前まで動力車を走らせると、そこからイフョカの家までは歩きになる。

「そう言えば、仕事でソルザックの家に行く以外にこの街で誰かの家までお邪魔した事があるのって、イフョカのところだけだなぁ」

「そ、そうなんですか？」

防護溝を渡す小さな橋を渡り、以前は踏み均されていただけの、今は多少舗装された無技人街の小道をゆっくり話しながら歩く。やがてイフョカの家の前に到着した悠介は、そこで荷物を渡して

『それじゃ、また明日なー』と来た道を戻り始めた。

「あ、あの、隊長っ」

「うん?」

別れ際、何か言わねばと焦るイフョカは、精一杯の勇気を振り絞って挨拶を口にする。

「あのあの……おやすみなさい」

「ああ、おやすみ」

ちょっと満足そうに微笑むイフョカと別れて動力車を停めた表通りまで帰って来た悠介は、一度街を見渡してからおもむろに運転席に乗り込む。

シフトムーブで帰宅しても良いのだが、折角なので日常が戻りつつある街の風景を眺めながら、のんびりドライブして帰る事にした。


元高民区、現在は貴族街となる区画の一角に建つ悠介邸。夕方前に帰宅した悠介はいつものように使用人達に出迎えられる。今日は彼等も不意を突かれて慌てる事もない。

スンとラーザッシア、それにラサナーシャも顔を出した。

「お帰りなさい、ユウスケさん」

「おかえりーユースケ」

「おかえりなさいませ、ユースケ様」

「ただいまー」

ポルヴァーティア軍との本格的な戦闘が迫る前夜、スンとラーザッシアも交えて色々あったラサナーシャは、今は悠介邸の新しい住人となっている。彼女の荷物も既に運び終えていた。やはり服が沢山あったようだ。

仕事で使ったモノや、過激過ぎて着用出来ない衣装、いかがわしいデザインのモノは処分したらしいが、それでもかなりの量だったという。

スンやラーザッシアに似合いそうなドレスは、仕立て直して譲るという話になっていた。

「スンの着飾った姿ってあんま見たことないんで、楽しみだ」

「あ、あんまり似合わないかも……」

村娘の素朴さが目立つからこそ、ゴージャスな姿も見てみたいんだよと、悠介に優しく髪を撫でられたスンが照れる。

「ユースケ、私は？」

「シアとかラサは逆にもっさりした村服姿が見たい」

ラーザッシアやラサナーシャは、普段から彼女等の持つ煌《きら》びやかなオーラが質素な街服姿でも魅力を引き立てているので、たまには素朴な雰囲気の二人も見てみたい、などと語る悠介。

「え、なにそれ。そういう演出でしたいの？」

「したい、とか言うんじゃありませんっ」

「うふふっ、今度またゼシャールド様のところへ挨拶に行こうと思いますので、その時にでも」

「ああ、そん時はシフトムーブで送るから言ってくれ」

悠介達が和気藹々と談笑していると、二階の渡り廊下から少女の声が響いた。

「おお、帰っていたのかユースケ」

「今さっき帰宅したばかりですよ。つか、また寝てたんすか」

もう一人、悠介邸の新たな住人となった、古代ポルヴァーティアの『勇者』パルサ。一階ホールの賑やかな様子を聞きつけて部屋から出てきた彼女は、寝着姿のままだ。

現在、パルサは闇神隊長の客人という立場で保護されている。隔離生活から解放された彼女は、カルツィオに来てからというもの、それまでの鬱憤を晴らすかのように連日徹夜で遊んでは、数日眠り続けるという生活を送っていた。それでも最近は落ち着いてきたようだが。

「パルサっ、起きたんなら新薬の精製手伝ってよ」

「シアは研究熱心だな、先に飯くらい食わせよ」

長く試薬の実験台をやっていたせいか、パルサ自身も薬の扱いには長《た》けており、ラサナーシャと同じくラーザッシアの新薬開発を手伝ったりしている。スンも超年上の妹が出来たようだと懐いているようだ。悠介邸に住む女性三人とパルサの関係は良好であった。

「で、私はドレス姿ともっさり服のどちらが良いのだ？」

「聞いてたんすか……」

ニヤニヤと問い掛けてくるパルサに、悠介は脱力して視線を逸らした。

夕焼けに染まるサンクアディエット。リーンランプの輝きに彩られた街並み。わいわいと団欒《だんらん》の時を過ごす悠介達。

（この平穏がいつまで続くのかは分からないけど、自分の手が届く限り、出来るだけ長く護っていきたいな）

――カルツィオの邪神は、密かにそんな願いと決意を想い懐くのだった。


〈完〉

異界の魔術士
IKAI NO MAJUTSUSHI
1〜6
Special ＋ プラス
コラボ最新刊！
◎四六判 ◎各定価：本体1200円＋税
◎イラスト：miogrobin
Spirit Migration
スピリット・マイグレーション
1〜4
コラボ最新刊！
◎四六判 ◎各定価：本体1200円＋税
◎イラスト：イシバシヨウスケ
特別インタビューを掲載！
http://www.alphapolis.co.jp/hero-tennki/
今すぐアクセス！
アルファポリス
検索

著者累計
40万部
突破!
ネットが生んだ
大人気チート作家!
「ヘロー天気」
シリーズ
Hero Tennki
大好評発売中!
最新刊は3シリーズ
夢のコラボレーション!
World Customize Creator
ワールド・カスタマイズ・クリエーター 1~5 EX《エクストラ》
コラボ最新刊!
◎四六判 ◎各定価：本体1200円＋税 ◎イラスト：匈歌ハトリ
◎文庫判 ◎各定価：本体610円＋税 ◎イラスト：匈歌ハトリ
3作同時刊行記念サイト開設!
ヘロー天気×小説家になろう

アルゲートオンライン

Argate Online

～侍が参る異世界道中～

ネットで話題沸騰！

touno tsumugu

桐野 紡

チート侍、異世界を遊び尽くす！

異色のサムライ転生ファンタジー開幕！

ある日、平凡な高校生・稜威《いづ》高志《たかし》が目を覚ますと、VRMMO『アルゲートオンライン』の世界に、「侍」として転生していた。現代日本での退屈な生活に未練がない彼は、ゲームの知識を活かして異世界を遊び尽くそうと心に誓う。名刀で無双し、未知の魔法も開発！　果ては特許ビジネスで億万長者に―― !?　チート侍、今日も異世界ライフを満喫中！

定価：本体 1200 円＋税　ISBN：978-4-434-20346-6

illustration：Genyaky

ヘロー天気（へろーてんき）
天秤座O型。悲劇の物語ばかり好んで観る子供だったが、大人になるとハッピーエンドしか受け付けなくなり、安心を軸にした物語に拘ってWebで小説を公開していた。2012年「ワールド・カスタマイズ・クリエーター」で出版デビュー。他の著書に「異界の魔術士」「スピリット・マイグレーション」（アルファポリス）がある。

イラスト：匈歌ハトリ
http://romance.raindrop.jp/

本書は、「小説家になろう」（http://syosetu.com/）に掲載されていたものを、改稿のうえ書籍化したものです。

ワールド・カスタマイズ・クリエーターＥＸ《エクストラ》

ヘロー天気

2015年 3月 7日初版発行

編集－宮坂剛・太田鉄平
編集長－塙綾子
発行者－梶本雄介
発行所－株式会社アルファポリス
〒150-6005 東京都渋谷区恵比寿4-20-3 恵比寿ガーデンプレイスタワー5F
TEL 03-6277-1601（営業）03-6277-1602（編集）
URL http://www.alphapolis.co.jp/
発売元－株式会社星雲社
〒112-0012東京都文京区大塚3-21-10
TEL 03-3947-1021
装丁・本文イラスト－匈歌ハトリ
装丁デザイン－ansyyqdesign
印刷－株式会社廣済堂

価格はカバーに表示されてあります。
落丁乱丁の場合はアルファポリスまでご連絡ください。
送料は小社負担でお取り替えします。

ISBN978-4-434-20317-6